きょうはね
お姉《ねえ》さまの
結婚式《けっこんしき》…
おとぎの世界《せかい》の
お城《しろ》に
かわいくて

王女さまが
そろいました。
大切《たいせつ》な人《ひと》を

かしこくて
勇気《ゆうき》ある…
→めくってね

ティアラ会《かい》　7つの約束《やくそく》

1…王女《おうじょ》としてのほこりを忘《わす》れないこと

2…正《ただ》しいことをつらぬくこと

3…おたがいを信《しん》じ、みとめあうこと

4…こまったことやなやみが生《う》まれたら、わかちあうこと

5…友《とも》のピンチにはかけつけること

6…自分《じぶん》らしく、おしゃれをすること

7…動物《どうぶつ》には愛情《あいじょう》をそそぎ、力《ちから》をつくして守《まも》ること

しあわせ色《いろ》の結婚《けっこん》セレモニー

原作 ポーラ・ハリソン
企画・構成 チーム151E☆

学研

今回《こんかい》は、結婚《けっこん》セレモニーで
ブライズメイドをするお話《はなし》……！

カマラ王国《おうこく》の
アミーナ姫《ひめ》

ティアラ

銀色《ぎんいろ》のアーチが
ならんでいる
デザイン

チャーム ポイント

つややかな長《なが》い髪《かみ》
やわらかな声《こえ》

たからもの

タイガーズアイの
ブレスレット

小指《こゆび》のジュエル

グリーンの
エメラルド

好《す》きなこと

動物《どうぶつ》を双眼鏡《そうがんきょう》で
観察《かんさつ》すること

なやみ

人《ひと》にえんりょして
かかえこんで
しまう

性格《せいかく》

おだやかで
人《ひと》とのトラブルが
きらい

すんでいる国《くに》

カマラ王国《おうこく》。
まぼろしのトラが
いるという
山《やま》がある

家族《かぞく》

おばさま…ケシ王妃《おうひ》
おじさま…カマラ王国国王《おうこくこくおう》
いとこ…ラニ姫《ひめ》
おさないころに、両親《りょうしん》は
熱病《ねつびょう》でなくなった

ベラチナ王国《おうこく》の
イザベラ姫《ひめ》

いろいろな伝説《でんせつ》を
知《し》っている

ダルビア王国《おうこく》の
ロザリンド姫《ひめ》

頭《あたま》がよくて
気持《きも》ちに正直《しょうじき》

リッディング
ランド王国《おうこく》の
ナッティ姫《ひめ》

むじゃきで明《あか》るく
正義感《せいぎかん》が強《つよ》い

そのほかの登場人物《とうじょうじんぶつ》

ペテル先生《せんせい》

動物病院《どうぶつびょういん》の
お医者《いしゃ》さん

ヘンリー王子《おうじ》

サマンサ姫《ひめ》の
お兄《にい》さま

ラニ姫《ひめ》

アミーナ姫《ひめ》の
いとこ。
結婚《けっこん》する

サマンサ姫《ひめ》

ガルデニア王国《おうこく》の
ちいさな王女《おうじょ》さま

ケシ王妃《おうひ》

アミーナ姫《ひめ》を
育《そだ》ててくれた
おばさま

ブライズメイドって
知《し》ってる？
花《はな》よめさんに
つきそって
お手《て》伝《つだ》いを

する役《やく》目《め》。

心《こころ》の中《なか》は

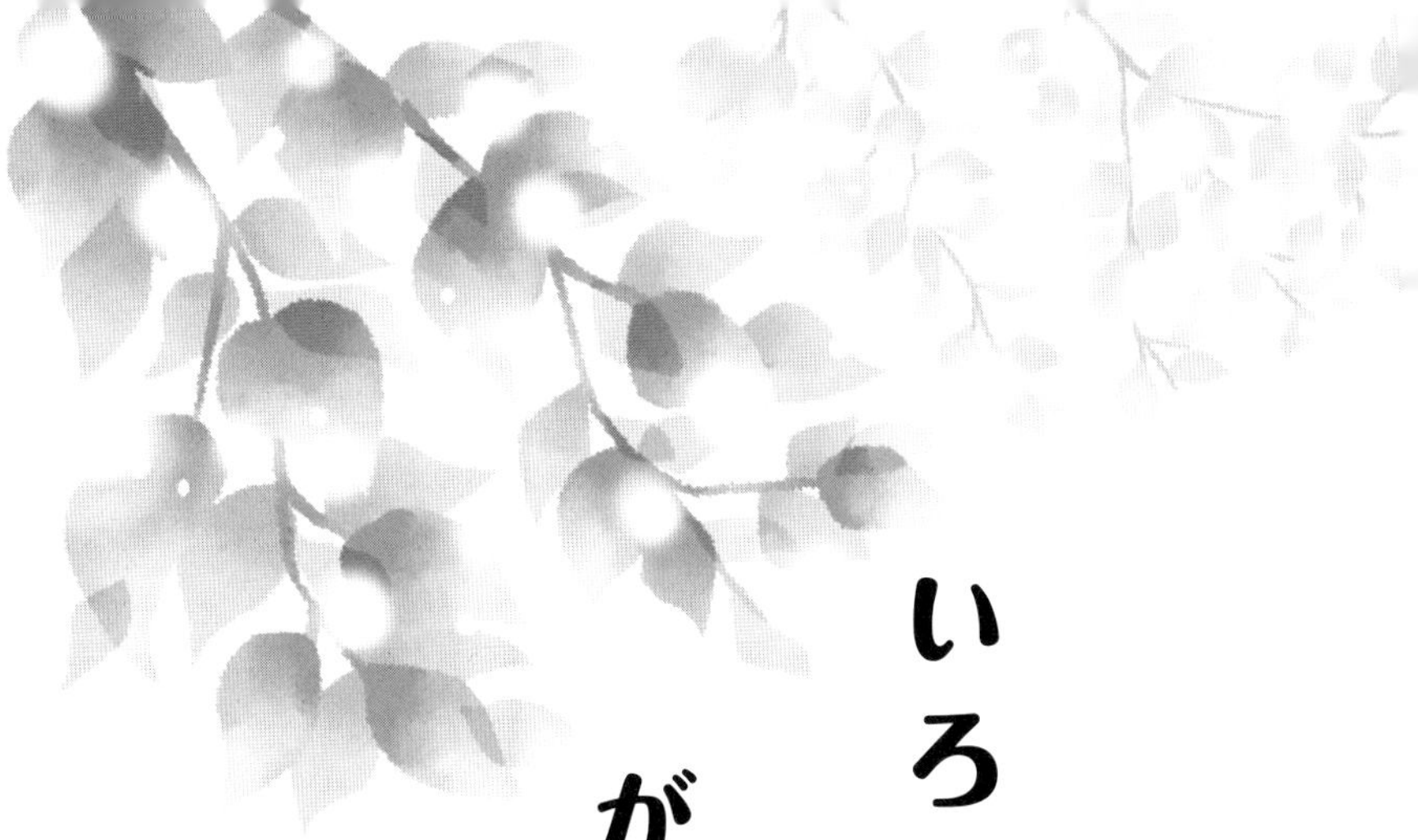

いろいろ複《ふく》雑《ざつ》だけど
がんばって
やりとげなくちゃ。

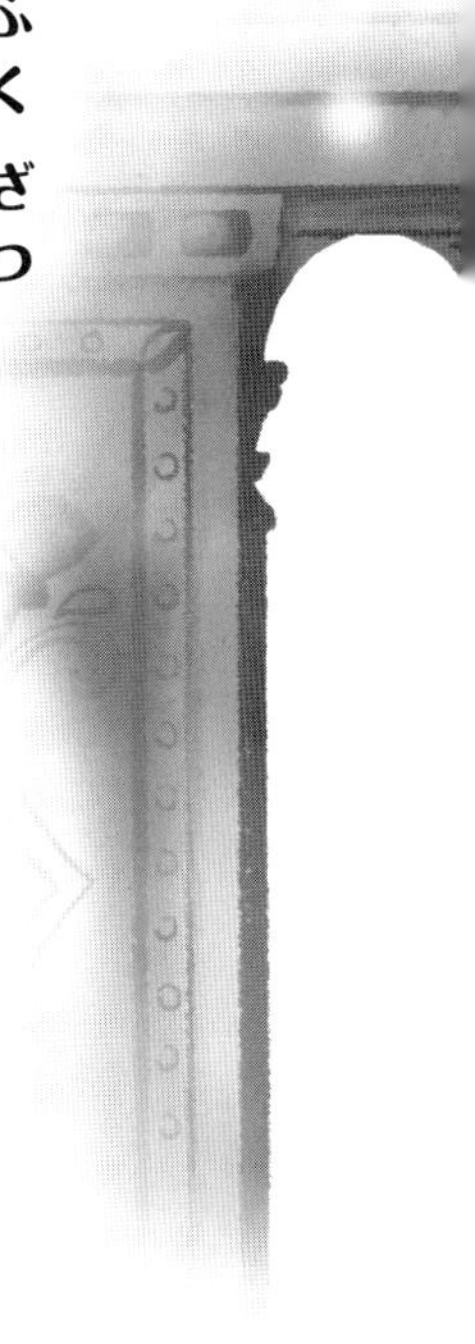

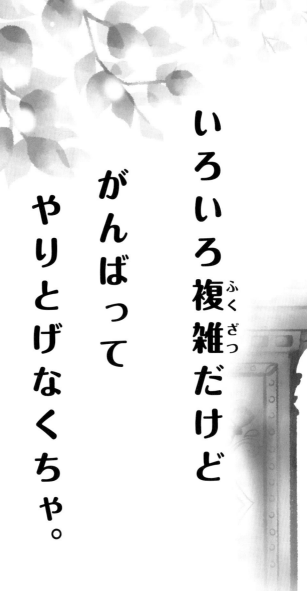

Kamala
カマラ

しあわせ色《いろ》の結婚《けっこん》セレモニー

しあわせ色《いろ》の結婚《けっこん》セレモニー

もくじ

1
お城《しろ》の姉妹《しまい》

遠《とお》くにつらなる山《やま》やまが、あわいむらさき色《いろ》に、かすんでみえます。

一年《いちねん》じゅうあたたかなここは、おとぎの世界《せかい》にある、カマラ王国《おうこく》。

丘《おか》の上《うえ》にたっているお城《しろ》のまどべでは、ひとりの女《おんな》の子《こ》が、ちいさな双眼鏡《そうがんきょう》をじっとのぞきこんでいました。

このお城《しろ》でくらす、王女《おうじょ》さま……アミーナ姫《ひめ》です。

こしより下《した》までのびた長《なが》い髪《かみ》と、きれいなターコイズブルーのドレス。

うでには、黄金色《こがねいろ》のジュエル（宝石《ほうせき》）があしらわれた、かわいらしいブレスレットが、ちらちらと光《ひか》りながらゆれています。

ふと、何《なに》か動《うご》いたような気《き》がして、川《かわ》のそばに双眼鏡《そうがんきょう》のピントをあわせると、

「……すごいわ！」

背《せ》の高《たか》いしげみに、めずらしい動物《どうぶつ》を発見《はっけん》したのです。

アミーナ姫《ひめ》はドキドキしながら、部屋《へや》をとびだしました。


お城《しろ》の広場《ひろば》までやってきたアミーナ姫《ひめ》は、柱《はしら》のかげから、そっとのぞきました。

（今《いま》ならだれもいないみたい……外《そと》の庭《にわ》へ出《で》るチャンスね）

アミーナ姫《ひめ》は、はなやかにかざりつけされた広場《ひろば》を、みわたします。

あしたは、いっしょにくらしている、いとこのラニ姫《ひめ》の結婚式《けっこんしき》。

前日《ぜんじつ》のきょうは、セレモニーに出席《しゅっせき》するお客《きゃく》さまがたが、世界《せかい》じゅうから、お城《しろ》へやってくる日《ひ》なのです。

アミーナ姫《ひめ》のおばさまであるケシ王妃《おうひ》は、だいじな儀式《ぎしき》の準備《じゅんび》で、いそがしく動《うご》きまわっています。

もしも今《いま》、ケシ王妃《おうひ》にみつかったら、すぐにお手伝《てつだ》いをいいつけられそう。

アミーナ姫《ひめ》は注意深《ちゅういぶか》くあたりをみまわして、広場《ひろば》を横《よこ》ぎろうと走《はし》りますが……。

「きゃっ」

もう少《すこ》しのところで、だれかとぶつかって、しりもちをついてしまいました。

「まあ、アミーナ！　だいじょうぶ？」

みあげると、やさしいひとみのラニ姫《ひめ》が、手《て》をさしのべて、ほほえんでいます。

「ああ、ぶつかってごめんなさい、ラニお姉《ねえ》さま」

アミーナ姫《ひめ》はほっとして、立《た》ちあがりました。


赤《あか》ちゃんのころに、カマラ王国《おうこく》の王《おう》であるお父《とう》さまと、王妃《おうひ》であるお母《かあ》さまを高熱《こうねつ》の病気《びょうき》でなくしてしまったアミーナ姫《ひめ》。

それ以来《いらい》、おばさまであるケシ王妃《おうひ》の家族《かぞく》に育《そだ》てられてきました。

ことし、はたちをむかえた、いとこのラニ姫《ひめ》とは、かなりとしがはなれていますが、ほんとうの姉妹《しまい》のような関係《かんけい》です。
何《なに》もいわなくても気持《きも》ちに気《き》づいてくれる、やさしいお姉《ねえ》さまは、アミーナ姫《ひめ》にとってあこがれ。

あしたの結婚《けっこん》セレモニーでは、ラニ姫《ひめ》のそばにつきそい、儀式《ぎしき》をみまもる〝ブライズメイド〟をたのまれていました。

それは、花《はな》よめに信《しん》らいされた人《ひと》がつとめる、とてもめいよな役目《やくめ》なのです。

「そんなに急《いそ》いで、どうしたの？　こまったことでも起《お》きたの？」
心配《しんぱい》そうに顔《かお》をのぞきこむラニ姫《ひめ》に、アミーナ姫《ひめ》は、はずむ声《こえ》でこたえました。

「ラニお姉《ねえ》さま。わたしね、すごいものをみつけたわ！

トラよ！　まぼろしのトラがいたの」


カマラ王国《おうこく》の山《やま》おくにすむといわれる野生《やせい》のトラ……人《ひと》にすがたをみせることはめったになく、伝説《でんせつ》の存在《そんざい》です。

まるで太陽《たいよう》の光《ひかり》を集《あつ》めたような、美《うつく》しい黄金色《こがねいろ》の毛《け》なみ。

つややかに光《ひか》る、黒《くろ》のしまもよう。

どんな生《い》きものものもかなわない、するどいきばを持《も》ち、しなやかな動《うご》きでえものをしとめる、といわれており、人《ひと》びとから、たいへんおそれられていました。

そのとてもめずらしい動物《どうぶつ》が、先《さき》ほどお城《しろ》のすぐそばに、いたのです。


「それでね、わたし、もっと近《ちか》くへいって、確《たし》かめたいと思《おも》って……」

いいかけて、双眼鏡《そうがんきょう》をかかげたアミーナ姫《ひめ》は、悲鳴《ひめい》をあげました。

「うそ！　レンズにひびが入《はい》ってる。さっき、ころんだとき、地面《じめん》にぶつけてしまったんだわ……ずっとだいじにしてきたのに……」

ショックがおおきくて、一気《いっき》に、心《こころ》がしずみます。

「かわいそうに……」

ラニ姫《ひめ》が、気《き》のどくそうにつぶやきます。

「でも、ほらアミーナ。もう片《かた》がわからなら、ちゃんとみえるわ。いっしょに、トラをみにいきましょう」

やさしいお姉《ねえ》さまに元気《げんき》づけられて、立《た》ちなおりかけたとき。

「ラニ！　どこにいるの？」

ケシ王妃《おうひ》の声《こえ》が、広場《ひろば》にひびきわたりました。

「アミーナもいないわね。ふたりとも、どこへいったのかしら……」

今《いま》、王妃《おうひ》にみつかったら、しばらくは外《そと》へ出《で》られなくなりそうな予感《よかん》がします。

「お母《かあ》さまがさがしているわ。トラはあとでみにいくことにしましょうか」

ラニ姫《ひめ》にうながされても、なんだかあきらめきれません。

(今《いま》すぐじゃないと、トラが山《やま》へ帰《かえ》ってしまうわ……絶好《ぜっこう》のチャンスなのに)

アミーナ姫《ひめ》は、外《そと》の庭《にわ》のほうをみつめました。

すると、その視線《しせん》に気《き》づいたのか、ラニ姫《ひめ》がにっこりほほえんだのです。

「わかったわ。わたしはいいから、アミーナはトラをみにいっておいで。お母《かあ》さまはきっと、わたしに百回《ひゃっかい》めのウエディングドレスの試着《しちゃく》をさせたいだけだから」

ちょうどそこへ、むらさき色《いろ》のドレスを着《き》たケシ王妃《おうひ》が階段《かいだん》をおりてきました。

「ああ、ラニ! そこにいたのね」

アミーナ姫《ひめ》

ケシ王妃《おうひ》
ラニ姫《ひめ》

「さがしたのよ。お部屋《へや》へもどって、もう一度《いちど》、ウエディングドレスの試着《しちゃく》をしてちょうだい。ああ、アミーナ！　あなたは晩《ばん》さん会《かい》の準備《じゅんび》を手伝《てつだ》って。もう、お客《きゃく》さまがたが到着《とうちゃく》しはじめているの。急《いそ》がないとね」

アミーナ姫《ひめ》は、知《し》っていました。

ケシ王妃《おうひ》は、ずいぶんまえから、むすめであるラニ姫《ひめ》の結婚《けっこん》セレモニーを、カマラ王国《おうこく》の歴史上《れきしじょう》、最高《さいこう》のものにするとはりきっているのです。

「おばさま、少《すこ》し、待《ま》ってほしいの。わたし、外《そと》の庭《にわ》へ出《で》たくて……だってね」

アミーナ姫《ひめ》はトラのことを説明《せつめい》しようと、えんりょがちにきりだしますが……。

「待《ま》っている時間《じかん》はないのよ。やらなければならないことが山《やま》づみなの。まずはテーブルのデコレーション（かざりつけ）を完成《かんせい》させないと」

ケシ王妃《おうひ》にさえぎられ、口《くち》をつぐみました。

いそがしそうなケシ王妃《おうひ》に、トラの話《はなし》をきいてもらうよゆうはなさそうです。

（まぼろしのトラをみにいくのは、あきらめるしかないわね……）

アミーナ姫《ひめ》が、がっかりして、かたを落《お》としていると。

「……ねえ、お母《かあ》さま。アミーナには、外《そと》の庭《にわ》で、テーブルにかざるお花《はな》をつんできてもらうのはどうかしら。ほら、ユリがきれいにさいていたでしょう？」

アミーナ姫《ひめ》の気持《きも》ちをさっしたラニ姫《ひめ》が、助《たす》けぶねを出《だ》してくれたのです！

「そうね……お花《はな》は必要《ひつよう》だわ。それじゃあ、アミーナ、たくさんつんできてくれる？　お水《みず》を入《い》れるのを忘《わす》れないようにね。それから、つめをよごさないこと」

ケシ王妃《おうひ》はラニ姫《ひめ》に「いきましょう」と声《こえ》をかけ、階段《かいだん》をもどっていきました。

ラニ姫《ひめ》はかたをすくめると、こちらをふりむき、「楽《たの》しんでおいで」というように、にこっと合図《あいず》してから、ケシ王妃《おうひ》のあとをおいかけていきます。

（ありがとう、お姉《ねえ》さま……！）

いつも機転《きてん》をきかせて助《たす》けてくれるラニ姫《ひめ》に感謝《かんしゃ》しながら、アミーナ姫《ひめ》は、まぼろしのトラを確《たし》かめるため、外《そと》の庭《にわ》のほうへかけだしました。

2 まぼろしのトラ

アミーナ姫《ひめ》は、石《いし》の階段《かいだん》をのぼり、お城《しろ》をかこむ高《たか》いへいの上《うえ》へ、やってきました。

そこには、警備員《けいびいん》のみまわり用《よう》の道《みち》があり、お城《しろ》の外《そと》がみおろせます。

先《さき》ほどのトラはまだいるでしょうか。

ドキドキしながら双眼鏡《そうがんきょう》をのぞいてみると、最初《さいしょ》はみあたりませんでしたが……。

川《かわ》の近《ちか》くの、背《せ》の高《たか》いしげみの間《あいだ》から、おおきなトラがあらわれたのです！

顔《かお》をあげて、あたりをみまわしながら、どうどうと歩《ある》いています。


メスのトラね！　なんて美《うつく》しいの……


いかめしい黒《くろ》のしま……鼻《はな》に白《しろ》いもようがあるのまで、はっきりとみえました。

興奮《こうふん》するアミーナ姫《ひめ》の頭《あたま》に、ふと、ケシ王妃《おうひ》の顔《かお》がうかびます。

動物《どうぶつ》を大切《たいせつ》にしているケシ王妃《おうひ》は、野生動物《やせいどうぶつ》を保護《ほご》するために、どんな動物《どうぶつ》も診察《しんさつ》できる病院《びょういん》を、お城《しろ》のしき地内《ちない》にたてたほど。

まぼろしのトラがあらわれたと知《し》ったら、さぞかし、みたがることでしょう。

でも……。

（おばさまは、今《いま》いそがしいから、よんでくるのはむずかしいわよね……）

結婚《けっこん》セレモニーの準備《じゅんび》で頭《あたま》がいっぱいなようにみえるケシ王妃《おうひ》に、よけいなことはいわないほうがよさそうです。


ふいに、トラの足《あし》もとで、何《なに》かが動《うご》きました。

アミーナ姫《ひめ》は、思《おも》わず「あっ」と声《こえ》をあげます。

しまもようのちいさな動物《どうぶつ》が、あと二頭《にとう》とびだしてきて、川《かわ》の岸《きし》をぴょんぴょん進《すす》んでいるではありませんか。

「トラの赤《あか》ちゃんだわ……！」

二頭《にとう》はそっくりで、おいかけっこをしながら、草《くさ》の上《うえ》をころがっています。

アミーナ姫《ひめ》はにっこりほほえみました。

（お母《かあ》さんのトラと、その赤《あか》ちゃんたちだったのね……）

お母《かあ》さんトラが、赤《あか》ちゃんたちに向《む》かって、ちいさくほほえみました。

すると二頭《にとう》の赤《あか》ちゃんは、うれしそうに、仲《なか》よく、お母《かあ》さんトラのあとをおいかけていきます。

（お城《しろ》の近《ちか》くで、まぼろしのトラがみられて……それも、親子《おやこ》だなんて！）

アミーナ姫《ひめ》は、遠《とお》い国《くに》にすむ、お友《とも》だちの王女《おうじょ》さまたちにも教《おし》えてあげたくなり、むねがうずうずしました。

みんな、アミーナ姫《ひめ》とおなじように、動物《どうぶつ》が大好《だいす》きなのです。

結婚《けっこん》セレモニーに招待《しょうたい》しているので、もうすぐ会《あ》えるはず。

トラをみせたときの三人《さんにん》の反応《はんのう》を想像《そうぞう》するだけで、つい、にやにやしてしまいます。

そのとき、背中《せなか》のほうから、ききなれない声《こえ》がしました。

「きみ！　そこで、何《なに》してるの？」

階段《かいだん》の下《した》で、おない年《どし》くらいの男《おとこ》の子《こ》が、こちらをみあげていました。

（きっと、結婚《けっこん》セレモニーにいらっしゃったお客《きゃく》さまだわ）

ガルデニア王国《おうこく》の
ヘンリー王子《おうじ》

アミーナ姫《ひめ》は階段《かいだん》をおり、マナーにしたがってひざを曲《ま》げ、おじぎをします。

「はじめまして。わたしは、花《はな》よめになるラニのいとこで、アミーナといいます。

カマラ王国《おうこく》のお城《しろ》へようこそ。今《いま》、ご到着《とうちゃく》ですか？」

「ああ、まあね！　ぼくはガルデニア王国《おうこく》のヘンリー。この城《しろ》は、思《おも》ったよりもずっとちいさいね。ぼくの城《しろ》なんて、ここの十倍《じゅうばい》ぐらいの広《ひろ》さはあるよ」

……なんだか、失礼《しつれい》な王子《おうじ》さまですが、なんとなくさびしそうで、からいばりしているような感《かん》じがしました。

（わる気《ぎ》はないのかも、しれないわ）

アミーナ姫《ひめ》は気《き》をとりなおし、明《あか》るい声《こえ》でたずねてみます。

「ちょうど今《いま》、すごいものをみていたところなんです。まぼろしといわれる、ト・ラ・と赤《あか》ちゃんたちが、川《かわ》のそばであそんでいるの。めったにみられないんですよ。よかったら、ヘンリー王子《おうじ》もごらんになりますか？」

「いいね、みてみるよ」

ヘンリー王子《おうじ》が、アミーナ姫《ひめ》といっしょに階段《かいだん》をあがり、双眼鏡《そうがんきょう》をのぞきます。

「王子《おうじ》。レンズがひとつこわれているので、もう片方《かたほう》からみてくださいね」

双眼鏡《そうがんきょう》なしでも、アミーナ姫《ひめ》には、トラが近《ちか》くにいるのがわかりました。

川《かわ》べりを歩《ある》いていて、ちいさな二頭《にとう》のもこもこが、うしろでとびはねています。

あれに気《き》づいたら、ヘンリー王子《おうじ》は、どんな反応《はんのう》をするのでしょう！

きっと、よろこんでくれるにちがいないと思《おも》ったのですが……。

「ほら、あそこにいるわ。しましまの……おおきなネコみたいにもみえます」

アミーナ姫《ひめ》が声《こえ》をかけたとたん、王子《おうじ》はぴくっとして、顔《かお》をくもらせたのです。

「でたらめいうな！ネコみたいなのなんて、いない！」

「よくみて……ほら、川《かわ》のそばのしげみに、ネコみたいな子《こ》、いませんか？」

アミーナ姫《ひめ》は、もう一度《いちど》、わかりやすいようにつたえただけなのですが……。

ヘンリー王子《おうじ》は、急《きゅう》におこりだして、持《も》っていた双眼鏡《そうがんきょう》をぐいっとつきかえし、
次《つぎ》のしゅんかん、ひどい言葉《ことば》を投《な》げつけてきたのです。

「きみは、動物《どうぶつ》のことを何《なに》もわかっていないな。ネコとトラは、全然《ぜんぜん》ちがう！
そんなおんぼろな双眼鏡《そうがんきょう》につきあわされるのも、もうこりごりさ！」
かたをいからせて、ずんずん階段《かいだん》をおりていくヘンリー王子《おうじ》。
とりのこされたアミーナ姫《ひめ》は、ただ、ぼうぜんとするしかありませんでした。
（なぜ、あんなにおこるの？　気《き》にさわるようなこと、いったかしら……？）
めずらしい動物《どうぶつ》をみるのは、みんなが好《す》きなことだと思《おも》っていたのに。
（セレモニーにいらっしゃるほかのお客《きゃく》さまは、ふきげんじゃないといいな）
アミーナ姫《ひめ》には、ヘンリー王子《おうじ》の行動《こうどう》が、まったく理解《りかい》できませんでした。

3

お友《とも》だちの到着《とうちゃく》

ユリの花《はな》をつんで中庭《なかにわ》へもどったアミーナ姫《ひめ》は、ケシ王妃《おうひ》にいわれたとおり、外《そと》のテーブルをかざりつけました。

（そろそろ到着《とうちゃく》するころかしら……）

エントランスへ移動《いどう》し、お友《とも》だちのナッティ姫《ひめ》、イザベラ姫《ひめ》、ロザリンド姫《ひめ》を待《ま》ちます。

アミーナ姫《ひめ》は、右手《みぎて》の小指《こゆび》にそっとふれて、ほほえみました。

大人《おとな》にはもちろん、ラニ姫《ひめ》にさえ話《はな》していないのですが……小指《こゆび》にネイルアートされている、ハート形《がた》のジュエル(宝石《ほうせき》)には、だいじなひみつがあるのです。

アミーナ姫《ひめ》は、世界《せかい》じゅうの王女《おうじょ》さまたちで結成《けっせい》した、友情《ゆうじょう》の活動《かつどう》『ティアラ会《かい》』に入《はい》っていました。

小指《こゆび》のジュエルは『ティアラ会《かい》』のメンバーであるしるし。

ナッティ姫《ひめ》は真《ま》っ赤《か》なルビー、イザベラ姫《ひめ》は黄色《きいろ》いイエロートパーズ、ロザリンド姫《ひめ》はブルーのサファイア、そしてアミーナ姫《ひめ》は、グリーンのエメラルドです。

ジュエルは、魔法《まほう》のパワーをひめていて、気持《きも》ちの通《つう》じあった仲間《なかま》どうしなら、はなれていても、心《こころ》の声《こえ》をつたえあうことができました。

『ティアラ会《かい》』の王女《おうじょ》さまたちは、かわいくて、かしこくて、勇気《ゆうき》があり、そのうえ、動物《どうぶつ》が大好《だいす》きなやさしい女《おんな》の子《こ》ばかり。

ヘンリー王子《おうじ》のように、とつぜんおこりだす人《ひと》もいません。


たくさんのお客《きゃく》さまが次《つぎ》つぎに到着《とうちゃく》するのに、会《あ》いたい三人《さんにん》は、まだです。

「こちらへいらっしゃい、アミーナ。やるべきことがたくさんあるのよ」

「はい、おばさま」

ケシ王妃《おうひ》によばれ、アミーナ姫《ひめ》が返事《へんじ》をした、ちょうどそのとき。

車《くるま》の音《おと》がして、またお客《きゃく》さまがやってきたようです。

「ハローアミーナ姫《ひめ》！」
くるくるの巻《ま》き髪《がみ》がとってもキュートな、この王女《おうじょ》さまは、
リッディングランド王国《おうこく》のナッティ姫《ひめ》。
国王《こくおう》、王妃《おうひ》である両親《りょうしん》とともに車《くるま》をおり、近《ちか》づいてきます。

リッディングランド王国《おうこく》の
ナッティ姫《ひめ》

ひとりひとり正式《せいしき》なあいさつをおえたとき、さらに車《くるま》が二台《にだい》、到着《とうちゃく》しました。
一台《いちだい》めのドアがあくと、ベラチナ王国《おうこく》の王女《おうじょ》、イザベラ姫《ひめ》が、国王《こくおう》、王妃《おうひ》である両親《りょうしん》とおりてきて、手《て》をふります。

**「おひさしぶりね！
会《あ》いたかったわ」**

ベラチナ王国《おうこく》の
イザベラ姫《ひめ》

「元気《げんき》だった？
ここは暑《あつ》いね」

二台《にだい》めの車《くるま》からは、大人《おとな》っぽいブルーのドレスを着《き》た王女《おうじょ》さまが
ダルビア王国《おうこく》の王妃《おうひ》である、お母《かあ》さまにつきそわれながら、おりてきました。
美《うつく》しい金色《きんいろ》のショートヘア……ロザリンド姫《ひめ》です。

ダルビア王国《おうこく》の
ロザリンド姫《ひめ》

「みんな！　遠《とお》いところまでようこそ。この国《くに》は、一年《いちねん》じゅう気温《きおん》が高《たか》いの」

アミーナ姫《ひめ》は、すずしい北国《きたぐに》からきたロザリンド姫《ひめ》を気《き》づかい、さそいます。

「中《なか》へ入《はい》って、つめたいレモネードはいかが？」

「ありがとう、アミーナ姫《ひめ》！　のどがかわいていたの。氷《こおり》をいっぱいね」

ロザリンド姫《ひめ》が、あせをぬぐいながら、ほっとした表情《ひょうじょう》をうかべました。


「結婚《けっこん》セレモニーのブライズメイドをまかされたんですって？　うらやましいわ」

すずしい部屋《へや》に落《お》ちつくと、イザベラ姫《ひめ》が目《め》をきらきらさせ、たずねてきます。

「特別《とくべつ》なドレスをしたてたの？」

「ええ、気《き》に入《い》ったのができたところよ。みんなにみせるのが待《ま》ちどおしいわ」

アミーナ姫《ひめ》は、長《なが》い髪《かみ》を耳《みみ》にかけ、はにかみました。

うでのブレスレットが、ちらちらと黄金色《こがねいろ》に光《ひか》ります。

「……それからね、きいて。知《し》らせたいことが、もうひとつあるのよ」

声《こえ》をひそめると、三人《さんにん》がわくわくした表情《ひょうじょう》で顔《かお》をよせました。

「けさ、この丘《おか》のふもとにある川《かわ》べりに、トラの親子《おやこ》をみつけたの。赤《あか》ちゃんが二頭《にとう》もいたのよ！　もしかしたら、まだ近《ちか》くにいるかもしれないわ」

「野生《やせい》のトラ？　すごいわ！　いなくならないうちに、みにいきましょうよ」

むじゃきなナッティ姫《ひめ》が、くるくるの髪《かみ》をはずませて、とびはねます。

もちろん、イザベラ姫《ひめ》も、大賛成《だいさんせい》です。

「ね、ロザリンド姫《ひめ》はどう？　トラの赤《あか》ちゃんをみにいきたくない？」

イザベラ姫《ひめ》がさそうと、ロザリンド姫《ひめ》が、レモネードの最後《さいご》のひと口《くち》を急《いそ》いでのみおえて、こたえました。

「いく！　野生《やせい》のトラの赤《あか》ちゃんがみられる国《くに》なんて、すごくかっこいいわ！」

アミーナ姫《ひめ》が三人《さんにん》を案内《あんない》して、先《さき》ほどのへいの上《うえ》までやってきたとき。

ブロロロロ……。

緑色《みどりいろ》のマークがついた白《しろ》い車《くるま》が、すごいスピードで川《かわ》へ向《む》かっていきました。

「今《いま》の車《くるま》！　動物病院《どうぶつびょういん》の救急車《きゅうきゅうしゃ》だわ。川《かわ》で何《なに》かあったのかしら」

ケシ王妃《おうひ》がつくった動物病院《どうぶつびょういん》には、けがや病気《びょうき》になった野生動物《やせいどうぶつ》をみつけたらすぐに、ちりょうをほどこせる設備《せつび》がととのっています。

へいの上《うえ》からながめていると、川《かわ》べりにとまった救急車《きゅうきゅうしゃ》から、四人《よにん》の大人《おとな》がとびだし、たんかをはこんでいくのがみえました。

「あんなおおきなたんかが必要《ひつよう》だなんて。かなりおおきな動物《どうぶつ》に何《なに》かあったのね」

ロザリンド姫《ひめ》の言葉《ことば》に、アミーナ姫《ひめ》はいやな予感《よかん》がよぎります。

（さっきのトラたちが、けがをしたんじゃありませんように……）

双眼鏡《そうがんきょう》をのぞきこみますが、大人《おとな》にかこまれていて、動物《どうぶつ》がよくみえません。

「まさか……トラかしら」「アミーナ姫《ひめ》が話《はな》していた、まぼろしの？」

「かわいそうに。けがをしたのかしら……」

みんなの声《こえ》をききながら、アミーナ姫《ひめ》は心配《しんぱい》でたまらなくなります。

（もし、さっきのお母《かあ》さんトラだとしたら……赤《あか》ちゃんたちは？）

王女《おうじょ》さまたちは、直接確《ちょくせつたし》かめるため、動物病院《どうぶつびょういん》へいってみることにしました。


病院《びょういん》の入《い》り口《ぐち》へ着《つ》くと、ちょうど救急車《きゅうきゅうしゃ》が到着《とうちゃく》したところです。

うしろのドアがあけられ、ぐったりと横《よこ》たわっている動物《どうぶつ》の顔《かお》がみえたとき、アミーナ姫《ひめ》は息《いき》をのみました。

ペテル先生《せんせい》

鼻《はな》に白《しろ》いもようがあるので、まちがいありません。

はこばれてきたのは……やはり、お母《かあ》さんトラだったのです！

「ペテル先生《せんせい》！　そのトラに、何《なに》があったんですか？　教《おし》えてください」

アミーナ姫《ひめ》の声《こえ》に、顔《かお》みしりの女性《じょせい》の獣医《じゅうい》さんが、こちらを向《む》きました。

「足《あし》をおったようなんです。おそらく狩《か》りをしてて、けがをしたんじゃないかしら。今《いま》、ねむらせる注射《ちゅうしゃ》をしたところです。なおせるものか、診察《しんさつ》してみます」

片方《かたほう》の前足《まえあし》をひきつらせ、鼻《はな》を鳴《な》らすトラが、診察室《しんさつしつ》へはこばれていきます。

「少《すく》なくとも、トラの赤《あか》ちゃんは、けがをしなかったようね」

イザベラ姫《ひめ》の言葉《ことば》に、アミーナ姫《ひめ》は、むねがざわざわしました。

そうだとしても……トラの赤《あか》ちゃんたちは、今《いま》、どこにいるのでしょう？

「赤《あか》ちゃんは二頭《にとう》とも、とてもちいさいの。お母《かあ》さんがいないと、ごはんも食《た》べられないし、ほかの動物《どうぶつ》におそわれてしまう可能性《かのうせい》だってあるわ……」

「ねえ、獣医《じゅうい》さんにつたえましょう。赤《あか》ちゃんのこともきっと考《かんが》えてくれるわ」

ロザリンド姫《ひめ》の提案《ていあん》で、四人《よにん》は、いそがしそうにしている男性《だんせい》の獣医《じゅうい》さんをつかまえ、赤《あか》ちゃんのことを口《くち》ぐちに説明《せつめい》したのですが……かえって混乱《こんらん》した様子《ようす》。

「ご心配《しんぱい》なく。けがをしたのは大人《おとな》のトラで、赤《あか》ちゃんトラは無事《ぶじ》ですよ」

「ちがうんです」という間《ま》もなく、バタンと診察室《しんさつしつ》はしめられてしまいました。

4

赤《あか》ちゃんを守《まも》りたい

「ひどい先生《せんせい》ね！　ちゃんと話《はなし》をきかない大人《おとな》ってきらいだわ」

腹《はら》を立《た》てるロザリンド姫《ひめ》を、どうにかナッティ姫《ひめ》がなだめています。

「アミーナ姫《ひめ》、ケシ王妃《おうひ》に相談《そうだん》してみたら？　力《ちから》になってくれないかしら」

アミーナ姫《ひめ》は先《さき》ほどの様子《ようす》を思《おも》いだし、「だめよ」とうつむきました。

「おばは、いそがしいの……」

今《いま》は、トラのことなんて相談《そうだん》しないほうが
だいじな結婚《けっこん》セレモニーに、集中《しゅうちゅう》できるはずだもの

赤《あか》ちゃんトラたちも心配《しんぱい》ですが、ケシ王妃《おうひ》のじゃまはしたくありません。


重《おも》い足《あし》どりで動物病院《どうぶつびょういん》を出《で》ると、ロザリンド姫《ひめ》が口《くち》をひらきました。

「でも急《いそ》がなくちゃ。赤《あか》ちゃんたち、今《いま》は元気《げんき》でも、夜《よる》がきたら危険《きけん》でしょう？」

アミーナ姫《ひめ》が顔《かお》をあげると、三人《さんにん》が心配《しんぱい》そうな表情《ひょうじょう》で、こちらをみています。

（おばさまにたよらずに、わたしがしっかりしないと……）

アミーナ姫《ひめ》は、思《おも》いきって口《くち》に出《だ》してみました。

「……ねえ、みんな。わたしたちだけで、赤《あか》ちゃんを保護《ほご》できないかしら？」

だいたんな提案《ていあん》に、イザベラ姫《ひめ》が不安《ふあん》そうにたずねます。

「それは……危険《きけん》なことじゃないの？」

たしかに、ふだんは門《もん》の外《そと》へ出《で》てはいけないといわれていますが……。

「お城《しろ》のまわりぐらいなら、いってもだいじょうぶだと思《おも》う。たぶん、安全《あんぜん》よ」

四人《よにん》が自分《じぶん》たちだけで、川《かわ》べりまでいってみようと決《き》めたとき。

「あら、ここにいたのね？　王女《おうじょ》さまがた、ドレスの試着《しちゃく》のお時間《じかん》よ」

タイミングわるく、門《もん》のそばで、ケシ王妃《おうひ》にみつかってしまいました。

「おばさま。わたしたち、ちょっといかなくてはならないところがあって……」

トラブルが起《お》きたことに気《き》づかれないよう、うまくにげようとしますが……。

「今《いま》すぐがいいの。みんな、あしたのセレモニーですてきにしたいでしょう？」

ほんとうのことをいえない四人《よにん》は、しぶしぶ試着《しちゃく》へ向《む》かうことになりました。


ドレスメイクルームで着《き》がえると、ケシ王妃《おうひ》のチェックがはじまります。

メジャーでそでの長《なが》さを確《たし》かめたり、おなおしを手伝《てつだ》ったり……最高《さいこう》のドレスすがたをめざし、はりきって、ひとりひとりをていねいにみていくのです。

なかなかおわりそうもないチェックに、ロザリンド姫《ひめ》が、今《いま》にももんくをいいだしそう。

あわてたアミーナ姫《ひめ》は、なにげない顔《かお》をして、ケシ王妃《おうひ》にたずねました。

「そういえば、おばさま。けさ、わたしがつんだお花《はな》は気《き》に入《い》ったかしら？」

「ええ……とってもすてきだったわ。ありがとう」

ケシ王妃《おうひ》が、イザベラ姫《ひめ》のドレスのふちどりをみながら、こたえます。

「……今夜《こんや》の晩《ばん》さん会《かい》のテーブルに、似合《にあ》うお花《はな》だったかしら？　ふつりあいでないといいんだけど……」

アミーナ姫《ひめ》がわざと不安《ふあん》そうにつぶやいたとたん、王妃《おうひ》の手《て》がとまりました。

「そこまで考《かんが》えていなかったわ！　たいへん。すぐに、確《たし》かめてくるわね」

ケシ王妃《おうひ》をみおくり、アミーナ姫《ひめ》は、ほっとむねをなでおろします。


「でも、どうやって、だれにもみられずにお城《しろ》を出《で》ようか？」

川《かわ》べりへつづく門《もん》には、いつも警備員《けいびいん》がはりついています。

お城《しろ》の外《そと》は危険《きけん》なので、王女《おうじょ》さまたちをかんたんには通《とお》してくれないでしょう。

「いい考《かんが》えがあるわ。門《もん》をくぐりそうな人《ひと》に変《へん》そうするの！」

アミーナ姫《ひめ》は、クロゼットの中《なか》からあざやかなピンク色《いろ》と、グリーン、黄色《きいろ》の

おおきなショールをとりだし、きょとんとしている三人《さんにん》に手《て》わたしていきました。

「門《もん》をくぐりそうな人《ひと》って、だれのこと？」

「フルーツの売《う》り子《こ》さんよ。かごを持《も》って、よくお城《しろ》を出入《でい》りしているの」

ショールを使《つか》って、なりきれば、門《もん》をくぐることができるかもしれません。

ナッティ姫《ひめ》が、グリーンのショールを頭《あたま》にきゅっと巻《ま》きつけてみています。

「うん、この方法《ほうほう》なら、だれもわたしたちだって気《き》づかないと思《おも》うわ」

アミーナ姫《ひめ》たちも、もとのドレスにもどり、ショールで髪《かみ》や体《からだ》をおおいます。

「ひゃあっ」

ふいに、ドアがひらき、
金色《きんいろ》の髪《かみ》の、おさない王女《おうじょ》さまが入《はい》ってきて、ちいさな悲鳴《ひめい》をあげました。

「わたし、ガルデニアおうこくのサマンサよ。アミーナおねえさま、どこ？」

ガルデニア王国《おうこく》の
サマンサ姫《ひめ》

サマンサ姫《ひめ》は、きょろきょろと、ドレスメイクルームをみまわしています。

「あしたのドレスを、ためしにきたの。ケシおうひに、アミーナおねえさまが、ここにいるって、きいたんだけどな……」

どうやら、アミーナ姫《ひめ》たちを、ほんものの売《う》り子《こ》さんと思《おも》っているようです。

「ワタシタチ、フルーツ、ウッテイマ～ス♪」

ナッティ姫《ひめ》が、にせの声《こえ》を出《だ》してふざけてみせますが、アミーナ姫《ひめ》は、ショールをぬいで、やさしく話《はな》しかけます。

「……ようこそ、サマンサ姫《ひめ》。わたしがアミーナよ」

すると、サマンサ姫《ひめ》は、目《め》をまるくして、むじゃきに笑《わら》いだしました。

「おもしろいかっこうをする、あそびなの？」

アミーナ姫《ひめ》は、ちいさな王女《おうじょ》さまに、ほんとうのことを話《はな》すことにしました。

「おどろかせてごめんね。みんなで変《へん》そうをして、今《いま》から、ひみつのお仕事《しごと》に出《で》かけるところなの。お願《ねが》い、わたしたちのことを、だれにもいわないで」

「ひみつの、おしごと……？」

「そう。ママとはぐれてしまった、二頭《にとう》のトラの赤《あか》ちゃんを助《たす》けにいくのよ」

とたんに、サマンサ姫《ひめ》は、興奮《こうふん》した顔《かお》になりました。

「ほんもののトラなのね？　……わたし、だれにもいわない。やくそくする！」

5

フルーツ売《う》り

イザベラ姫《ひめ》がたずねます。

「フルーツを持《も》っていなくていいの？」

「売《う》り子《こ》さんは、いつも全部《ぜんぶ》売《う》りきって帰《かえ》るの。だから、からっぽのかごだけ、キッチンでかりていきましょう」

四人《よにん》は、部屋《へや》を出《で》ると、ヒタヒタとしのび足《あし》でろうかを進《すす》みました。

キッチンで、気《き》づかれないように、からっぽのかごを四《よっ》つ持《も》ちだします。

さいわい、だれにも気《き》づかれずに外《そと》の庭《にわ》までやってくることができました。

門《もん》では、警備員《けいびいん》がみはっています。

「気《き》をつけて……ナッティ姫《ひめ》、髪《かみ》の毛《け》が少《すこ》しみえてるよ」

「あ、いけない！」

ナッティ姫《ひめ》があわてて、くるくるの巻《ま》き髪《がみ》をショールの中《なか》へおしこんでいます。

四人《よにん》が門《もん》へ近《ちか》づくと、気《き》づいた警備員《けいびいん》が、こちらをふりむきました。

心《しん》ぞうの音《おと》がきこえるくらいドキドキしますが、すました顔《かお》で歩《ある》きつづけます。

「おじょうさんたち！　くだものをはこんでくれて、ごくろうさま」

警備員《けいびいん》の声《こえ》がきこえ、おおきな木《き》の門《もん》が、パッとひらかれました。

アミーナ姫《ひめ》はショールをおでこまでさげながら「ありがとう」とつぶやきます。

急《いそ》ぎ足《あし》でくぐりぬけた四人《よにん》のうしろで、門《もん》のしまる音《おと》がきこえました。


「きんちょうした〜〜」

門《もん》からはなれたところまできたアミーナ姫《ひめ》たちは、息《いき》をはきだしました。

「さあ、暗《くら》くならないうちに、赤《あか》ちゃんをさがしだしましょう」

丘《おか》をくだり、石《いし》の橋《はし》をわたると、川《かわ》ぞいに丈《たけ》の高《たか》いしげみが立《た》ちはだかります。

「トラの赤《あか》ちゃんは、このしげみの、どこかにいるはずよ」

アミーナ姫《ひめ》は、かたい草《くさ》をかきわけながら、ゆっくりと進《すす》みはじめました。

丘《おか》の下《した》まで歩《ある》いておりてきたのは、はじめてですが、目《め》のまえにはおいしげる草《くさ》しかみえず、へいの上《うえ》からみたよりも、ずっと深《ふか》いしげみのように思《おも》えました。

こんな中《なか》から、ちいさな赤《あか》ちゃんトラをさがしだせるのでしょうか……。

たいした装備《そうび》もせずにきましたが、何《なに》か危険《きけん》な動物《どうぶつ》に出《で》くわしてしまったら？

アミーナ姫《ひめ》の頭《あたま》に、さあっと不安《ふあん》がよぎったとき。

「ねえ、何《なに》か動《うご》いているわ」

イザベラ姫《ひめ》が、しげみのおくを、こわごわと指《ゆび》さしました。

次《つぎ》のしゅんかん、草《くさ》のかげから、ガサガサッと何《なに》かがとびだしてきて……。

トラの赤《あか》ちゃんです！

赤《あか》ちゃんは、ぴょんぴょんとびはねながら、川《かわ》のほうへチョウをおいかけていきます。

「うわぁ、ちっちゃくて、かわいい〜っ！」

ナッティ姫《ひめ》がほおをゆるめ、感動《かんどう》の声《こえ》をあげました。

チョウに夢中《むちゅう》な赤《あか》ちゃんは、水《みず》に落《お》ちるぎりぎりで、川《かわ》のふちにとどまりました。

アミーナ姫《ひめ》は、おどろかせないように近《ちか》づき、ゆっくりとかがみます。

すると、赤《あか》ちゃんの黄金色《こがねいろ》の耳《みみ》が、ぴくっとふるえたのがわかりました。

「おいで。こわくないよ……」

なるべくおだやかな声《こえ》で、やさしく話《はな》しかけますが……。
アミーナ姫《ひめ》が近《ちか》づくと、グルル…とうなり声《ごえ》をあげ、あとずさりをするばかり。
ゆれるひとみは、不《ふ》安《あん》と恐《きょう》怖《ふ》でいっぱいです。
「いっしょにきて。あなたのお母《かあ》さんが待《ま》っているのよ……」
手《て》をさしだすと、赤《あか》ちゃんの鼻《はな》がぴくぴくと動《うご》き、においをかぎだしました。
アミーナ姫《ひめ》が危《き》険《けん》な敵《てき》ではないと、だんだんわかってきたようです。
（あなたの味《み》方《かた》よ。わたしを信《しん》じて……）
やがて、赤《あか》ちゃんは口《くち》をあけ、ちいさくミャアとなきました。
そして、さしだした手《て》をなめ、ぴょんっとひざの上《うえ》にとびのったのです！

アミーナ姫《ひめ》は、ほっとして、しまもようのあたたかい毛《け》をなでました。

「アミーナ姫《ひめ》がその子《こ》の相手《あいて》をしている間《あいだ》に、もう一頭《いっとう》をみつけるね」

ナッティ姫《ひめ》たちは、川《かわ》のそばをいったりきたりしながら、さがしはじめました。

どのくらい時間《じかん》がたったでしょう。

アミーナ姫《ひめ》は心配《しんぱい》になって、丘《おか》の上《うえ》のお城《しろ》をみあげます。

（おばさまはもう、わたしたちがいないことに、気《き》づいたかもしれないわ……）

次《つぎ》のしゅんかん、アミーナ姫《ひめ》は、はっとして、目《め》をこらしました。

お城《しろ》のへいの上《うえ》から、だれかがこちらをみおろしているのです。

（もしかして、ほんものの売《う》り子《こ》さんじゃないと気《き》づかれたの？）

小声《こごえ》で三人《さんにん》をよぶと、へいの上《うえ》を確認《かくにん》したナッティ姫《ひめ》が、つぶやきました。

「あの髪《かみ》……さっき会《あ》った、サマンサ姫《ひめ》じゃないかしら？」

すると、へいの上《うえ》の人《ひと》かげが、長《なが》いショールをふりだしたではありませんか。

「サマンサ姫《ひめ》ったら！　わたしたちをみつけたのがうれしくて、あんな目立《めだ》つようにふっているのかしら？　大人《おとな》たちに気《き》づかれたら、まずいのに……」

にが笑《わら》いをするイザベラ姫《ひめ》……でも、アミーナ姫《ひめ》はちがう気《き》がしていました。

「もしかしてあの子《こ》……わたしたちに、何《なに》かだいじなことを、つたえてくれようとしているんじゃないかしら？」

こちらへ向《む》かって、必死《ひっし》に合図《あいず》しているようにも、みえるのです。

（お城《しろ》で何《なに》か、たいへんなことが起《お》こったのかもしれないわ）

四人《よにん》は、一度《いちど》お城《しろ》へもどり、あとで二頭《にとう》めをさがしにこようと決《き》めます。

一頭《いっとう》めの赤《あか》ちゃんをかごにかくし、門《もん》のそばまでもどると……。

「アミーナおねえさまぁ！」

すぐに門《もん》がひらき、あわてた様子《ようす》のサマンサ姫《ひめ》があらわれました。

「しらせなきゃ、いけないことが、あるの！　あのね、ケシおうひがね……おねえさまたちの、おへやを、さがしているのよ！」

6
かしこいサマンサ姫《ひめ》

「ねえ、警備員《けいびいん》さんは？　さっきまで、そこに立《た》っていなかった？」

イザベラ姫《ひめ》がたずねると、サマンサ姫《ひめ》がウインクしてこたえました。

「なくしたリボンを、さがしてくれてる。ほんとうは、あそこのうえこみにかくしたの。いまのうちにはいって」

アミーナ姫《ひめ》たちは、お城《しろ》のしき地《ち》へかけこみ、庭《にわ》の木《き》のかげにかくれます。

サマンサ姫《ひめ》は、警備員《けいびいん》のさがしだしてくれたリボンをうけとると、むじゃきな笑顔《えがお》でお礼《れい》をいっています。

アミーナ姫《ひめ》たちより年下《としした》だというのに……すごく頭《あたま》のいい王女《おうじょ》さまのようです。

その機転《きてん》に助《たす》けられ、すんなりと、門《もん》の中《なか》へもどってくることができました。

やがて、合流《ごうりゅう》してきたサマンサ姫《ひめ》が、説明《せつめい》しはじめました。

「あのね。ドレスメイクルームで、しちゃくを、していたらね、ケシおうひがきて、アミーナおねえさまたちはどこって。いま、おへやを、みにいっているわ」

ふいに、かごにかぶせたショールの中《なか》で、カリカリカリッとひっかく音《おと》がして黒《くろ》い鼻《はな》とひげが、ぴょこ～んと、とびだしました。

「わあ、トラのあかちゃんだ！　みつけたのね」

おどろくサマンサ姫《ひめ》に、アミーナ姫《ひめ》はほほえみかけ、ショールをめくって、赤《あか》ちゃんトラの頭《あたま》をなでてみせます。

赤《あか》ちゃんは、ミャアと、気持《きも》ちよさそうに目《め》を細《ほそ》めました。

「もう一頭《いっとう》をみつけるまでは、おばさまにはみせられないわ。わたしたちが川《かわ》べりまでいったと知《し》ったら、危険《きけん》だからと、警備員《けいびいん》たちをいかせそうだもの」

「でも、警備員《けいびいん》さんが、もう一頭《いっとう》を保護《ほご》してくれるならいいんじゃないの？」

イザベラ姫《ひめ》の意見《いけん》に、アミーナ姫《ひめ》は首《くび》をふりました。

「だめよ。警備員《けいびいん》の乱暴《らんぼう》なさがしかたでは、きっと赤《あか》ちゃんが、おびえてしまうわ。それに、今《いま》さわぎたてたらきっと、セレモニーの準備《じゅんび》のじゃまになるもの」

ケシ王妃《おうひ》の手《て》をわずらわせるわけにはいきません。

自分《じぶん》で首《くび》をつっこんだトラブルだから、なるべく人《ひと》にめいわくをかけず、自分《じぶん》で解決《かいけつ》しないと……

アミーナ姫《ひめ》のかたくなな心情《しんじょう》をさっしたのか、王女《おうじょ》さまたちは、結局《けっきょく》、もう一《いっ》頭《とう》も、自分《じぶん》たちだけで、こっそりさがすことに賛成《さんせい》してくれるのですが……。

えんりょして、ケシ王妃《おうひ》に気《き》をつかったつもりでいた、アミーナ姫《ひめ》の判断《はんだん》が、このあと、じたいを、さらにややこしくしていくのです。


「アミーナ？　どこなの？」

ケシ王妃《おうひ》のさがす声《こえ》が外《そと》の庭《にわ》まできこえてきて、アミーナ姫《ひめ》はあわてました。

かごにショールをかぶせ、赤《あか》ちゃんトラをかくすと、うら口《ぐち》からかけこみます。

三《みっ》つのかごをキッチンにかえすと、自分《じぶん》の部屋《へや》へ、ヒタヒタと走《はし》りました。

いっしゅん、ほかの足音《あしおと》がきこえた気《き》がしましたが、だれもみあたりません。

「……ねえ。今《いま》、うしろで何《なに》かきこえなかった？」

立《た》ちどまってみんなに小声《こごえ》でたずねると、ふりかえって、ろうかの曲《ま》がり角《かど》をじいっとみていたサマンサ姫《ひめ》が「あ！」と声《こえ》をあげました。

「ヘンリーおにいさま！　そこで、なにしてるの？」

（お兄《にい》さま……？）

次《つぎ》のしゅんかん、曲《ま》がり角《かど》から知《し》っている男《おとこ》の子《こ》があらわれて、アミーナ姫《ひめ》は、目《め》をみはりました。

その男《おとこ》の子《こ》は、庭《にわ》でとても感《かん》じのわるかった、ヘンリー王子《おうじ》だったのです！

何《なに》も知《し》らないサマンサ姫《ひめ》が「あにの、ヘンリーです」としょうかいします。

「おにいさまも、トラのあかちゃんをみて！　おおきなネコちゃんみたいな……」

「うるさい！　ネコなんて、みたくない」

ネコときいたとたん、ヘンリー王子《おうじ》は顔《かお》をゆがめ、どなりました。

そして、おどろいている五人《ごにん》に背《せ》を向《む》け、走《はし》りさっていきます。

「そうだった……おにいさまは……」

サマンサ姫《ひめ》が何《なに》かいいかけますが、階段《かいだん》の向《む》こうから、ケシ王妃《おうひ》の、アミーナ姫《ひめ》をさがす声《こえ》がきこえてきて、びくっとしました。

「わたしにまかせて！　おうひに、はなしかけてるあいだに、おへやへいって」

四人《よにん》は、たのもしいサマンサ姫《ひめ》にお礼《れい》をいうと、ろうかを走《はし》り、アミーナ姫《ひめ》の部屋《へや》へ無事《ぶじ》にかけこみました。


そして、きゅうくつそうにしている赤《あか》ちゃんを、かごの外《そと》へ出《だ》してあげます。

「急《いそ》いでこの子《こ》に名前《なまえ》をつけようよ。一頭《いっとう》めの赤《あか》ちゃん、ではあんまりだし」

ナッティ姫《ひめ》の提案《ていあん》に、アミーナ姫《ひめ》は、赤《あか》ちゃんのおおきくて金色《きんいろ》がかった、燃《も》えるようなひとみをみつめて、考《かんが》えました。

「ええと……〝焼《や》けるように熱《あつ》い〟の意味《いみ》をあらわす〝シズル〟はどうかしら？」

「すごくいい名前《なまえ》！」「ぴったりね」

赤《あか》ちゃんも「賛成《さんせい》！」とでもいうように、フンフンと鼻《はな》を鳴《な》らします。

「アミーナ、お部屋《へや》にいるの？」

しばらくして、ケシ王妃《おうひ》がドアをノックしました。

「わあ、ちょっと待《ま》って」

アミーナ姫《ひめ》は、大《おお》あわてでシズルをかごの中《なか》へもどし、かごごとベッドの下《した》へかくします。

ほかの三人《さんにん》は、変《へん》そうに使《つか》ったショールを、クロゼットに投《な》げこみました。

急《いそ》いでドアをあけると、ケシ王妃《おうひ》が少《すこ》しけわしい顔《かお》をして立《た》っています。

「ごめんなさい、おばさま。ちょ、ちょっとクロゼットの片《かた》づけをしていたところなんです。晩《ばん》さん会《かい》のテーブルデコレーションのお手伝《てつだ》いをしましょうか？」

なにごともなかったかのように、よそおったつもりですが……。

ケシ王妃《おうひ》は、アミーナ姫《ひめ》の顔《かお》をみて、ちいさくかたをすくめました。

「……もうデコレーションはおわったところよ。ここへきたのは、夜六時《よるろくじ》に晩《ばん》さん会《かい》がはじまることをつたえるため。時間《じかん》がないわ。みんな、おしたくなさい」

そういって、ケシ王妃《おうひ》が、部屋《へや》を出《で》ていこうとしたとき。

グルル……

ベッドの下《した》のシズルが、うなり声《ごえ》をあげたのです！

「ん？　なんの音《おと》かしら？」

と、いぶかしげな顔《かお》で、ケシ王妃《おうひ》がふりむき……ああ、まずい状況《じょうきょう》です！

「い、今《いま》のはわたしです。おなかがすいちゃって……晩《ばん》さん会《かい》が待《ま》ちどおしいわ」

ナッティ姫《ひめ》のくるしまぎれの機転《きてん》でしたが……なんとか、ごまかせたようです。

ケシ王妃《おうひ》がいなくなると、アミーナ姫《ひめ》は、ふたたび、かごをひっぱりだします。

すっかりなついたシズルが、あまえるように、鼻《はな》をすりよせてきました。

「待《ま》っててね、シズル……あとで、あなたのきょうだいをみつけるからね」

アミーナ姫《ひめ》は、キッチンへいって、あたたかいミルクをもらってきます。

シズルはゴクゴクのみほすと、ちいさないびきをかいて、ねむりはじめました。

やがて、四人《よにん》はドレスに着《き》がえ、中庭《なかにわ》の晩《ばん》さん会《かい》へと向《む》かったのです。

7

晩《ばん》さん会《かい》

晩《ばん》さん会《かい》では、結婚式《けっこんしき》のまえの夜《よる》を祝《いわ》うお料理《りょうり》が、次《つぎ》つぎに登場《とうじょう》しました。

お客《きゃく》さまは、お食事《しょくじ》とおしゃべりをにぎやかに楽《たの》しんでいます。

いっぽう、アミーナ姫《ひめ》はというと、シズルともう一頭《いっとう》の赤《あか》ちゃんのことが気《き》になって、そわそわしていました。

（暗《くら》くなるまえに、もう一頭《いっとう》の赤《あか》ちゃんをさがしにいけるかしら……）

ふと、視線《しせん》を感《かん》じて、顔《かお》をあげると、近《ちか》くのテーブルにいたヘンリー王子《おうじ》が、こちらをにらむように、みていました。

「彼《かれ》があのサマンサ姫《ひめ》のお兄《にい》さまだなんて、信《しん》じられないよ」

アミーナ姫《ひめ》のそばにすわっているナッティ姫《ひめ》が、耳《みみ》うちします。

「妹《いもうと》のサマンサ姫《ひめ》はとってもいい子《こ》なのに、兄《あに》のヘンリー王子《おうじ》はいやな感《かん》じね」

アミーナ姫《ひめ》も、小声《こごえ》でささやきかえしました。

「けさ、みんなが到着《とうちゃく》するまえに、彼《かれ》に会《あ》ったんだけど……きげんがわるかったのか、トラの親子《おやこ》のことを教《おし》えているとちゅうで、かんしゃくをおこしたの」

アミーナ姫《ひめ》は、ヘンリー王子《おうじ》の視線《しせん》をさけて、ため息《いき》をつきました。

（なんだか、わたしのことが気《き》に入《い》らないみたい……きょりをおくのがいいわ）


晩《ばん》さん会《かい》がおわったころには、あたりはもう、すっかり暗《くら》くなっていました。

今夜《こんや》は月《つき》もなく、丘《おか》の下《した》は暗《くら》やみで、どこに川《かわ》があるのかもわかりません。

「早《はや》くもう一頭《いっとう》をさがしにいこう。危険《きけん》な目《め》にあっていないといいけど……」

アミーナ姫《ひめ》たちは、光《ひか》って目立《めだ》たないように、部屋《へや》でティアラをはずします。

それにしても、この暗《くら》やみで、どうしたらもう一頭《いっとう》をさがせるのでしょう？

「懐中電灯《かいちゅうでんとう》は赤《あか》ちゃんがおびえてしまうし、目《め》をこらしてさがすしかないなぁ」

ナッティ姫《ひめ》のつぶやきに、ロザリンド姫《ひめ》が、首《くび》をひねりました。

「でもそれじゃ、みつけだせる可能性《かのうせい》が低《ひく》すぎるわ……トラは、夜《よる》でも目《め》がよくみえるときいたことがあるけど、わたしたち人間《にんげん》にはみえないものね」


ためしに、双眼鏡《そうがんきょう》をとりだしてまどからのぞいてみますが、何《なに》もみえません。

「いくだけいってみましょうよ。なやんでいるだけでは、解決《かいけつ》しないわ」

とにかく出発《しゅっぱつ》しようとするナッティ姫《ひめ》を、ロザリンド姫《ひめ》が「だめよ！」と、きつい口調《くちょう》でとめました。

「真《ま》っ暗《くら》な中《なか》を、ただ走《はし》りまわるつもり？　危険《きけん》だわ。昼間《ひるま》だって、みとおしのきかないしげみだったのに……」

ナッティ姫《ひめ》が、むっとしたように、まゆをつりあげます。

「じゃあ、ロザリンド姫《ひめ》には、ほかにいいアイディアがあるの？」

だんだん声《こえ》のボリュームがあがっていくふたり。

シズルをだいてねかしつけていたイザベラ姫《ひめ》が、しぃっと注意《ちゅうい》しました。

「ふたりとも！　シズルが、びっくりしちゃうわ」

けれど、ナッティ姫《ひめ》とロザリンド姫《ひめ》は、にらみあったままです。

アミーナ姫《ひめ》は、はらはらして、けんかになりませんように、と祈《いの》りました。

ねむったシズルを、イザベラ姫《ひめ》からそっとうけとったとき。

「あら、そのブレスレット、すてきね」

イザベラ姫《ひめ》が、アミーナ姫《ひめ》のうでで、ちらちらと光《ひか》るブレスレットに気《き》がつきました。

黄金色《こがねいろ》のジュエルがついた、たからもので、いつも身《み》につけているのです。

「それは、なんていう種類《しゅるい》のジュエルなの？」

イザベラ姫《ひめ》の質問《しつもん》に、思《おも》わずほほえみました。

「〝タイガーズアイ〟よ。〝トラの目《め》〟という意《い》味《み》なの。トラの目《め》のように、暗《くら》いところでもかがやく石《いし》だから、そうよばれているのよ」

ちょうどそのとき、シズルが目《め》をあけ、のびをします。

「ほんとうだ、シズルの目《め》とおなじように、かがやいているわ！」

イザベラ姫《ひめ》が、シズルの顔《かお》をのぞきこんで、みくらべています。

「……ねえ、イザベラ姫《ひめ》、アミーナ姫《ひめ》。今《いま》は二頭《にとう》めの赤《あか》ちゃんをさがす方法《ほうほう》を考《かんが》えるのが先《さき》よ。ジュエルやブレスレットの話《はなし》をしているひまはないん…」

いいかけたロザリンド姫《ひめ》を、イザベラ姫《ひめ》が「待《ま》って」と、さえぎりました。

「もしかしたら、このジュエルが役《やく》に立《た》つかもしれない。わたしね、おさないころ、母《はは》が教《おし》えてくれた歌《うた》を思《おも》いだしたの」

そういうと、イザベラ姫《ひめ》はちいさな声《こえ》でゆっくりと、口《くち》ずさみはじめたのです。

真《ま》っ暗《くら》な夜《よる》には
トラの明《あ》かりを　使《つか》ってね
何《なに》が起《お》きているか　みてみよう
トラの目《め》を通《とお》してね

それは、何《なに》かをつたえようとしているような、不思議《ふしぎ》な歌詞《かし》の歌《うた》でした。

「気《き》になる歌《うた》ね……　〝トラの明《あ》かり〟って、なんのことかしら？」

ナッティ姫《ひめ》の疑問《ぎもん》に、アミーナ姫《ひめ》も、じっと考《かんが》えます。

「〝トラの目《め》〟はその、タイガーズアイのことじゃない？　ちょっとかして」

うでをのばしてくるイザベラ姫《ひめ》に、ブレスレットをはずしてわたしました。

イザベラ姫《ひめ》はタイガーズアイを片目《かため》にあてて、まどの外《そと》をのぞいてみています。

「う〜ん……だめ、全然《ぜんぜん》みえないわ。方法《ほうほう》がちがうのかしら？」

すると、今度《こんど》はナッティ姫《ひめ》が「そうだ！」と立《た》ちあがったのです。

「ジュエルの魔法《まほう》のパワーを、めざめさせる必要《ひつよう》があるのかもよ」

ナッティ姫《ひめ》はつづけます。

「『ティアラ会《かい》』をつくった姉《あね》がいうにはね、ジュエルにはかならずパワーがひめられているけど、道具《どうぐ》で何《なに》か加工《かこう》しないと、魔法《まほう》がめざめないこともあるって」

「でも、ジュエルを加工《かこう》する、特別《とくべつ》な道具《どうぐ》がいるわ。この国《くに》に持《も》ってきたの？」

ロザリンド姫《ひめ》がたずねると、ナッティ姫《ひめ》は得意《とくい》そうにうなずきました。

「『ティアラ会《かい》』が集《あつ》まるときはね、いつでも使《つか》えるように、持《も》ってきてるのよ」


ナッティ姫《ひめ》が、自分《じぶん》の部屋《へや》からはこんできた道具《どうぐ》は、『ティアラ会《かい》』の仲間《なかま》であるオニカ王国《おうこく》のジャミンタ姫《ひめ》からうけついだ、だいじなもの。

以前《いぜん》もこの道具《どうぐ》を使《つか》い、ジュエルの魔法《まほう》で事件《じけん》を解決《かいけつ》したことがあるのです。

だから、アミーナ姫《ひめ》たちも、この道具《どうぐ》のききめをなんとなくは知《し》っていました。

アミーナ姫《ひめ》にしてみれば、ブレスレットはたからものなので、タイガーズアイをそこからはずして、形《かたち》をかえることになるのは、さびしいのですが……。

ハンマー

（さまよっている、もう一頭《いっとう》を助《たす》けられるなら……やるしかないわ）

そう心《こころ》にいいきかせ、自分《じぶん》から道具《どうぐ》を手《て》にとりました。

タイガーズアイにチーゼルをあて、ハンマーを軽《かる》くふりあげます。

「強《つよ》くうつと、こなごなになるから気《き》をつけ……」「あ……やだ、われちゃった」

そっとたたいただけなのに、平《ひら》たいかけらになってしまったタイガーズアイ。

ショックでしたが……アミーナ姫《ひめ》の頭《あたま》には、ある考《かんが》えがひらめいてもいました。

タイガーズアイのふちをけずり、つるつるにまるくしあげると、今度《こんど》は双眼鏡《そうがんきょう》をとりだしてきて、こわれたほうのレンズにはめてみたのです。

それは、何《なに》かにみちびかれるような、自分《じぶん》でも不思議《ふしぎ》な行動《こうどう》でしたが……。

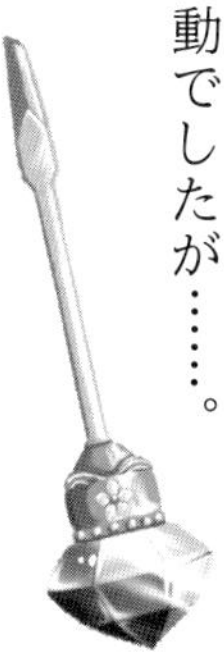

チーゼル

おどろくことが起《お》こりました。

タイガーズアイをはめたほうのレンズが黄金色《こがねいろ》に光《ひか》りだしたのです！

光《ひかり》はしだいに明《あか》るくなり、ふわふわと部屋《へや》じゅうを

つつみこみます。

やがて、雲《くも》のような光《ひかり》はきらきらきらっと

静《しず》かに消《き》えていきました。

アミーナ姫《ひめ》は、双眼鏡《そうがんきょう》をにぎり、部屋《へや》の電気《でんき》を消《け》してみました。

ドキドキするむねをおさえ、のぞいてみると……やりました、成功《せいこう》です！

タイガーズアイを通《とお》し、はっきりと、みんなの顔《かお》や部屋《へや》の中《なか》がみえたのです。

（〝トラの目《め》〟はタイガーズアイ。〝トラの明《あ》かり〟は暗《くら》いところをみるパワーね）

歌《うた》のなぞをといた四人《よにん》が出発《しゅっぱつ》しようとしたとき……シズルがドアまでおいかけてきて「おいていかないで」とでもいうように、さびしそうな声《こえ》を出《だ》しました。

アミーナ姫《ひめ》は「待《ま》っててね」とシズルのほおをなで、落《お》ちつかせます。

「かならず、あなたのきょうだいをみつけて、もどってくるわ」

8

暗《くら》やみの中《なか》で

うら口《ぐち》からぬけだし、外《そと》の庭《にわ》へ出《で》ると、なるべく暗《くら》いところを進《すす》みます。

植《う》えこみでガサガサと音《おと》がしました。

だれかいるのかと、びくびくしますが……それ以上《いじょう》、音《おと》はしません。

「鳥《とり》かしら」

四人《よにん》は、警備員《けいびいん》がうしろを向《む》いたすきに、すばやく門《もん》をくぐりぬけました。

外《そと》は、いちだんと暗《くら》くなっています。

道《みち》を照《て》らす明《あ》かりはなく、何《なに》もみえません。

アミーナ姫《ひめ》は、双眼鏡《そうがんきょう》をのぞいてみました。

よかった……タイガーズアイのレンズを通《とお》せば、すべてがはっきりとみえます。

「アミーナ姫《ひめ》、丘《おか》の下《した》までつれていってくれる？　あなたの魔法《まほう》の双眼鏡《そうがんきょう》だけがたよりよ。わたしたち、真《ま》っ暗《くら》で何《なに》もみえないし……」

イザベラ姫《ひめ》が不安《ふあん》そうな声《こえ》でいうと、ロザリンド姫《ひめ》がすかさずわりこみます。

「待《ま》って。せっかく四人《よにん》できたんだから、かわるがわるのぞきましょうよ」

きっとロザリンド姫《ひめ》も、魔法《まほう》の双眼鏡《そうがんきょう》で、暗《くら》やみを進《すす》んでみたいのでしょう。

「そうね、順番《じゅんばん》に使《つか》いましょう。道《みち》のはしまでついたら、ロザリンド姫《ひめ》の番《ばん》ね」

四人《よにん》はときどき立《た》ちどまって、双眼鏡《そうがんきょう》をのぞく役《やく》をこうたいしながら、ゆっくりと静《しず》かな丘《おか》の下《した》へおりていき、川《かわ》にかかった石《いし》の橋《はし》をわたりました。

丈《たけ》の高《たか》いしげみは、昼間《ひるま》以上《いじょう》にしーんと静《しず》まりかえっていて、ぶきみです。

双眼鏡《そうがんきょう》なしだと、まえを歩《ある》く王女《おうじょ》さまの背中《せなか》をみるのもやっとでした。

「ひゃあ、岸《きし》のところで何《なに》か動《うご》いたぁ！」「……わ、シカだ」「黒《くろ》いのは岩《いわ》？」

大《おお》さわぎしながら進《すす》み、アミーナ姫《ひめ》に双眼鏡《そうがんきょう》の順番《じゅんばん》がまわってきました。

レンズをのぞくと、たしかに、しげみをゆっくり歩《ある》くシカがいます。

おや？　その向《む》こうに……何《なに》かちらちらと動《うご》くものが。

ちいさな頭《あたま》と、ふわふわの耳《みみ》がふたつ、しまもようのまえ足《あし》……もしかして？

そう、トラの赤《あか》ちゃんが、ぴょこんと顔《かお》を出《だ》したのです！

さがしていた二頭《にとう》めにちがいありません。

「暗《くら》くてみつからないんじゃないかと心配《しんぱい》してたけど……運《うん》がいいね！」

うれしそうな声《こえ》をあげるナッティ姫《ひめ》。

今度《こんど》はまえよりもたやすくみつかり、アミーナ姫《ひめ》もひと安心《あんしん》です。

（よかったぁ。シズルに、早《はや》く会《あ》わせてあげたいわ）
ほっとして、お城《しろ》のほうをみたとたん、こおりつきました。
庭《にわ》のほうで、たくさんの黄色《きいろ》い光《ひかり》が、何《なに》かをさがすようにゆれていたのです。
双眼鏡《そうがんきょう》をのぞいて確認《かくにん》すると。
「なんてこと！　へいの上《うえ》にヘンリー王子《おうじ》がいる」
ヘンリー王子《おうじ》がこちらを指《ゆび》さし、警備員《けいびいん》と話《はな》しているのがみえます。
アミーナ姫《ひめ》は、庭《にわ》できいたガサガサという音《おと》を思《おも》いだし、青《あお》ざめました。
鳥《とり》ではなく、門《もん》を出《で》ていくのをこっそりみていた王子《おうじ》だったのかもしれません。
と、ヘンリー王子《おうじ》の横《よこ》へもうひとり、ランタンを持《も》った人《ひと》があらわれました。

「おばさまだわ！」

思《おも》わず双眼鏡《そうがんきょう》を落《お》としてしまいました。

「ヘンリー王子《おうじ》が、わたしたちのことをおばにいいつけたんだわ」

「なんですって？」「なんておしゃべり！」

「なぜほうっておいてくれないの？　わたしたち、王子《おうじ》に何《なに》かした？　……こんな意地悪《いじわる》をするなんて」

アミーナ姫《ひめ》はとりみだしてなげきますが、だれも理由《りゆう》はわかりませんでした。

ロザリンド姫《ひめ》が、双眼鏡《そうがんきょう》をひろいあげ、のぞきます。

「警備員《けいびいん》さんが丘《おか》をおりてきた。四人《よにん》……いや、六人《ろくにん》よ」

「ねえ、アミーナ姫《ひめ》。ケシ王妃《おうひ》に赤《あか》ちゃんトラをみせて、説明《せつめい》してみない？　きっとわかってくれるよ……」

ナッティ姫《ひめ》の提案《ていあん》にも、アミーナ姫《ひめ》はうなずけません。

そして、赤《あか》ちゃんトラのいる岩《いわ》へ近《ちか》づくと、警《けい》かいしてあとずさりする赤《あか》ちゃんに手《て》をのばし、だきあげました。

安心《あんしん》させるために、背中《せなか》をゆっくりとなでます。

「アミーナ姫《ひめ》、急《いそ》いで。わたしたちがつかまっちゃう！」

「みつからないように、お城《しろ》へもどろう！」

四人《よにん》は、頭《あたま》を低《ひく》くして、しげみの中《なか》を一気《いっき》にかけぬけます。
どうにか門《もん》のそばまでくると、ヘンリー王子《おうじ》が立《た》っているのがみえました。
草《くさ》のかげにかくれ、イザベラ姫《ひめ》が、落《お》ちていた実《み》を向《む》こうのほうへ投《な》げます。
「そこにいるのか？　出《で》てこい！」
ヘンリー王子《おうじ》が、まんまと、音《おと》のしたほうへ走《はし》っていったすきに……。
四人《よにん》はすばやく門《もん》を通《とお》り、なんとかアミーナ姫《ひめ》の部屋《へや》へ、たどりついたのです。

「おねえさまたち、ここにいるの、よくないわ！　わたしのおへやへきて！」
息《いき》つく間《ま》もなく、アミーナ姫《ひめ》たちのまえへ、サマンサ姫《ひめ》があらわれました。

「あにから、みんなのことをきいたケシおうひがね、このおへやを、たしかめにきていたの。また、くるかもしれないわ」

すると、ロザリンド姫《ひめ》がうんざりしたように、きつい口調《くちょう》でいったのです。

「ねえ、サマンサ姫《ひめ》。あなたのお兄《にい》さまは、どうしてこんなに意地悪《いじわる》なの？」

アミーナ姫《ひめ》は、心《こころ》で悲鳴《ひめい》をあげました。

（ロザリンド姫《ひめ》！　そんないいかたをしたら、サマンサ姫《ひめ》に失礼《しつれい》よ……）

「みんな、ごめんなさい。いつもは、こんなじゃ、ないんだけど……きのうね」

サマンサ姫《ひめ》は、しずんだ様子《ようす》で話《はな》しだしました。

「あにがかわいがっていたネコが、びょうきでしんでしまったの。そのこは……、しまのもようがある、オレンジいろの、おおきなネコだったのよ……」

アミーナ姫《ひめ》は、むねがきゅうっとしめつけられました。

「なまえはティドルス。おじいちゃんだったけど、すごくかわいがってたの」

アミーナ姫《ひめ》には、ヘンリー王子《おうじ》のつらい気持《きも》ちが想像《そうぞう》できました。

「そうだったのね。お気《き》のどくに……あなたのお兄《にい》さまは、死《し》んでしまったネコを思《おも》いだして悲《かな》しくなるから、トラをみたくなくなったのね」


五人《ごにん》は、シズルと二頭《にとう》めの赤《あか》ちゃんをつれて、サマンサ姫《ひめ》の部屋《へや》へ集《あつ》まります。

サマンサ姫《ひめ》が、チョコレートやぼうつきキャンデー、チューブに入《はい》ったレモンシャーベット味《あじ》のおかしを出《だ》してきました。

二頭《にとう》めの赤《あか》ちゃんが、ころがったシャーベット味《あじ》のチューブをおいかけて、うれしそうにあそんでいるのをみて、みんな大笑《おおわら》い。

「ふふっ。この子《こ》の名前《なまえ》は〝シャーベット〟で決定《けってい》ね」

そこへ、心《こころ》の底《そこ》から心配《しんぱい》そうな顔《かお》をしたケシ王妃《おうひ》が、やってきました。

「あなたがた……今《いま》までどこにいたの？　ずっと、このお部屋《へや》にいた？」

シーツにかくしたシズルとシャーベットが、もぞもぞ動《うご》いています。

（どうしよう……このまま、おばさまに、うそをつきつづけていいの……？）

アミーナ姫《ひめ》は、自分《じぶん》のむねに手《て》をあてて、考《かんが》えました。

だいじなお友《とも》だちや警備員《けいびいん》たちまで巻《ま》きこんで、こんな大《おお》そうどうになってしまったのは、予定外《よていがい》でしたが……二頭《にとう》とも保護《ほご》できた今《いま》なら、ケシ王妃《おうひ》にほんとうのことを報告《ほうこく》しても、めいわくにはならないでしょう。

（あとはもう、シズルとシャーベットを、動物病院《どうぶつびょういん》へつれていくだけだもの）

アミーナ姫《ひめ》は決心《けっしん》してベッドのそばへいくと、シーツをめくりました。

「おばさま。わたしたち、さっきまでこの部屋《へや》にはいなかったわ。お母《かあ》さんトラとはぐれてしまった赤《あか》ちゃんトラを保護《ほご》するために、川《かわ》へさがしにいっていたの。この子《こ》たち、昼《ひる》に野生動物病院《やせいどうぶつびょういん》へはこばれた、メスのトラの赤《あか》ちゃんよ」

9

こぼれでた気持《きも》ち

ケシ王妃《おうひ》が、信《しん》じられないというように、おおきく息《いき》をのみました。

「なんてあぶないことを……！」

（えっ……）

「なぜ、だまっていたの？　だいじな式《しき》がひかえていると考《かんが》えなかった？」

しかられるとは思《おも》っていなかったアミーナ姫《ひめ》は……自分《じぶん》の顔《かお》が、かあぁっと赤《あか》くなっていくのがわかりました。

「もちろん、考《かんが》えたわ！　だからこそ、いわなかったのよ。大《おお》さわぎして、おばさまのじゃまをしたくなかったから！」

心《こころ》の中《なか》におさえつけていた、はげしい気持《きも》ちが、口《くち》をついてこぼれでました。

じわっとなみだがあふれてきて、のどのおくがじんと熱《あつ》くなります。

こんなにも、自分《じぶん》の正直《しょうじき》な思《おも》いをぶつけたのは、生《う》まれてはじめてでした。

「赤《あか》ちゃんたちにけがをさせたりもしていないし、おばさまにもめいわくをかけていないわ……わたし、気《き》をつかった……つもりだったのに……」

どうして、おばさまはふきげんに、なってしまったのでしょう。

「おばさま……おこらせてしまったなら、ごめんなさい」

アミーナ姫《ひめ》は、そばにいたシズルをぎゅうっとだきしめます。


「トラの赤《あか》ちゃんたちを危険《きけん》から守《まも》ろうとしたことは、とても勇《ゆう》かんだったわ」

ケシ王妃《おうひ》は、すべてを理解《りかい》したように、ふうっとかたを落《お》とします。

「でもね、赤《あか》ちゃんたちは無事《ぶじ》でも、あなたがたの身《み》に何《なに》かあったら、どうするつもりだったの？　とりかえしがつかなくなってからでは、おそいのよ」

心《こころ》なしかふるえている声《こえ》をきいて、アミーナ姫《ひめ》は、はっと気《き》づきました。

たしかに……たいした装備《そうび》もせずに、冒険気分《ぼうけんきぶん》でしげみへ出《で》かけた結果《けっか》、自分《じぶん》やナッティ姫《ひめ》たちが、野生《やせい》の動物《どうぶつ》におそわれてしまう危険性《きけんせい》はありました。

また、赤《あか》ちゃんとはいえ、野生《やせい》のトラをお城《しろ》へ入《い》れたことで、世界《せかい》じゅうからのだいじなお客《きゃく》さまがたを、危険《きけん》にさらす可能性《かのうせい》がなかったともいいきれません。

ケシ王妃《おうひ》に話《はな》してもきいてもらえない、じゃまをしてしまう、という考《かんが》えにとらわれ、相談《そうだん》をしなかったせいで、むしろ心配《しんぱい》をかけることになっていたなんて。

「よくきいて、アミーナ」

ケシ王妃《おうひ》は、やさしいひとみで、アミーナ姫《ひめ》をみつめます。

「あなたが、なやみや心配《しんぱい》ごとをうちあけてくれたら、わたしはいつだって、力《ちから》になるわ。めんどうなことだって、かまわないのよ」
きっぱりといいきる声《こえ》が、むねのおくまでひびきわたって……。
アミーナ姫《ひめ》の目《め》から、はらはらと、なみだがこぼれました。
（わたし……おばさまの気持《きも》ち、何《なに》もわかっていなかった……）
悲《かな》しさやくやしさからの、なみだではありません。
大切《たいせつ》に思《おも》ってくれているケシ王妃《おうひ》の愛情《あいじょう》が、いたいほどつたわってきたのです。

それから四人《よにん》の王女《おうじょ》さまたちは、シズルとシャーベットをだいて、野生動物病院《やせいどうぶつびょういん》のドアベルを鳴《な》らしました。

までには明《あ》かりがともっていて、おどろいた顔《かお》のペテル先生《せんせい》が顔《かお》を出《だ》しました。

今夜《こんや》はちょうど、病院《びょういん》にとまりこむ当番《とうばん》だったようです。

「こんなおそい時間《じかん》に、どうしたんです？　……まあ、トラの赤《あか》ちゃん？」

アミーナ姫《ひめ》が、ここにいるトラの子《こ》どもだと説明《せつめい》すると、ペテル先生《せんせい》はすぐに
シズルとシャーベットを、お母《かあ》さんトラのところへ、つれていきました。

「でも、いったいどうやって、赤《あか》ちゃんをみつけたの？」

不思議《ふしぎ》そうなペテル先生《せんせい》に、四人《よにん》はきょうの冒険《ぼうけん》のことを話《はな》します。

もちろん……ジュエルの魔法《まほう》については、ティアラ会《かい》だけのひみつです！

ちりょうがきいて元気《げんき》になったのか、おだやかな表情《ひょうじょう》で、横《よこ》たわるお母《かあ》さん。

うれしそうに、お母《かあ》さんにまとわりつくシズルとシャーベットを、少《すこ》しはなれた安全《あんぜん》な場所《ばしょ》からながめます。

四人《よにん》は、ほっとひと安心《あんしん》。

愛情《あいじょう》たっぷりの顔《かお》で、やんちゃな赤《あか》ちゃんをみまもっているお母《かあ》さんトラに、アミーナ姫《ひめ》は、ケシ王妃《おうひ》を重《かさ》ねます。

アミーナ姫《ひめ》はおさないころからずっと、おばであるケシ王妃《おうひ》や、いとこのラニ姫《ひめ》にえんりょし、無意識《むいしき》に心《こころ》のかべをつくってきたのかもしれません。

ケシ王妃《おうひ》やラニ姫《ひめ》が、わけへだてをしたわけでは、けっしてありませんでした。

でも、実《じつ》の家族《かぞく》ではないのにお世話《せわ》になっていることが、気《き》になって……。めいわくをかけて、きらわれてしまわないように、自分《じぶん》の正直《しょうじき》な気持《きも》ちをおさえたり、気《き》をつかって、ひとりでがまんをしてきたのです。

だから、今回《こんかい》のように、きんきゅうじたいになったときでさえ、えんりょして、なやみや心配《しんぱい》ごとをうちあけることが、できませんでした。

（でも、自己満足的《じこまんぞくてき》な思《おも》いこみだったんだわ……）

まわりの人《ひと》の気持《きも》ちを信《しん》じ、心《こころ》をひらいて、助《たす》けをもとめるほうが、自分《じぶん》だけでかかえこむよりもずっと、人《ひと》にめいわくをかけず、ものごとが正《ただ》しい方向《ほうこう》へ進《すす》む場合《ばあい》もあることを、アミーナ姫《ひめ》は知《し》ったのでした。


朝《あさ》がきました。

空《そら》は青《あお》くすみわたり、小鳥《ことり》たちは祝福《しゅくふく》の歌《うた》をさえずっていました。

お城《しろ》じゅうが、ラニ姫《ひめ》の結婚《けっこん》セレモニーがはじまるのを心待《こころま》ちにしています。

ロザリンド姫《ひめ》、ナッティ姫《ひめ》、イザベラ姫《ひめ》たち三人《さんにん》も、アミーナ姫《ひめ》も、結婚《けっこん》セレモニー用《よう》のドレスのおしたくをおえ、いつもより大人《おとな》びたふんいきです。

お花《はな》の形《かたち》をした
赤《あか》いルビーの
ティアラ
しあわせをよぶ
サファイアの
ティアラよ
友《とも》だち思《おも》いで
すごく勇気《ゆうき》が
あるの
かしこさが
ひきたつ
夕日《ゆうひ》を
思《おも》いうかべる
あかね色《いろ》の
グラデーション
手《て》ざわりが
気《き》は強《つよ》いけど
いつも正直《しょうじき》で
たよりになるわ

ロザリンド姫《ひめ》

Rosalind

Nattie
ナッティ姫《ひめ》
ジュエルの水玉《みずたま》もようがきらり
くるくるモチーフのティアラ
キュートな人《ひと》がらに似合《にあ》う明《あか》るいイエローのドレス
ロマンチックで大人《おとな》っぽいチョウのモチーフ
すそはふんわり波《なみ》うっているわ
イザベラ姫《ひめ》
Isabella

アミーナ姫《ひめ》

しあわせな
結婚《けっこん》セレモニーに
なりますように

ブライズメイドを
じょうずに
つとめられる
かしら？

ときには
たよることも
大切《たいせつ》だと
気《き》づいたの

きょうのために
あつらえた
特別《とくべつ》なドレスよ

エレガントに
ゆかに広《ひろ》がる
ロング丈《たけ》

とうめい感《かん》のある
ターコイズブルー

金色《きんいろ》の糸《いと》で
ししゅうされた
せんさいなもよう

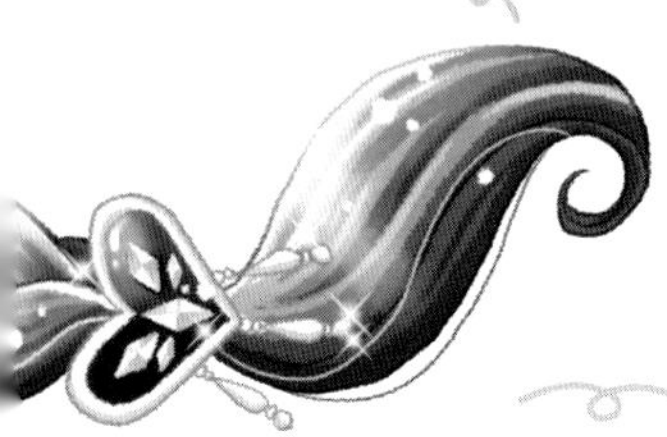

つややかに
かがやく
ロングヘア

エレガントな銀色《ぎんいろ》アーチのティアラ
ちいさめにまとめたお祝《いわ》いブーケ
広《ひろ》がりおさえめではなやかさとひかえめの両方《りょうほう》を実現《じつげん》
やわらかくて手《て》ざわりのいいシルクの布《ぬの》

アミーナ姫《ひめ》は、この日《ひ》のためにしたてた、ブライズメイド用《よう》の特別《とくべつ》なドレスへと着《き》がえていました。

ちいさなころから、ほんとうのお姉《ねえ》さまのようにやさしくしてくれた、ラニ姫《ひめ》。

それなのに、なやみや心配《しんぱい》ごとを、ひとりでかかえこもうとするアミーナ姫《ひめ》の様子《ようす》をみて、心《こころ》のおくで、さびしく感《かん》じることもあったかもしれません。

(ラニお姉《ねえ》さまへの感謝《かんしゃ》の気持《きも》ちをこめて、つきそい役《やく》をしっかりつとめるわ)

ブライズメイド用《よう》のちいさなブーケを持《も》ったアミーナ姫《ひめ》は、きりっとしせいを正《ただ》すと、結婚《けっこん》セレモニーのおこなわれる聖堂《せいどう》へと向《む》かったのでした。

10

結婚《けっこん》セレモニー

いよいよ、しあわせを祈《いの》る、結婚《けっこん》セレモニーのはじまりです。

先《さき》に入場《にゅうじょう》したアミーナ姫《ひめ》にみちびかれるように、ラニ姫《ひめ》と王子《おうじ》さまが一歩《いっぽ》一歩《いっぽ》ゆっくりと歩《ある》きはじめました。

ゆかに広《ひろ》がる長《なが》いベール、まどからさしこむ聖《せい》なる光《ひかり》、約束《やくそく》の指輪《ゆびわ》……儀《ぎ》式《しき》のだいじなしゅんかんを、アミーナ姫《ひめ》はそばでみまもっていました。

ラニお姉《ねえ》さま。
両親《りょうしん》をなくしてからずっと
ほんとうの姉妹《しまい》のように
せっしてくれた、ラニお姉《ねえ》さま。
清《きよ》らかなドレスをまとったすがたは
世界一《せかいいち》きれいよ……。

ラニお姉《ねえ》さまはいつだって
わたしの気《き》持《も》ちをさっして
守《まも》ってくれたよね。

でも……

きょうからは、お姉《ねえ》さまが
王子《おうじ》さまに守《まも》ってもらう番《ばん》。
ほんとうはね、さびしくて
なみだが
こぼれそうだけど……

わたしもね
心《こころ》のなやみや心配《しんぱい》ごとを
うちあけられる子《こ》に
かわるから。
お姉《ねえ》さまのように
人《ひと》の気持《きも》ちを考《かんが》えられる
王女《おうじょ》になるからね……。

大《だい》好《す》きなラニお姉《ねえ》さま。
思《おも》いやりあふれる
花《はな》よめさんに
しあわせのシャワーが
ふりそそぎ
ますように……。

「ラニ姫《ひめ》、ご結婚《けっこん》おめでとう！」

「アミーナ姫《ひめ》もかわいかったわ！」


お客《きゃく》さまは、みんなみんな笑顔《えがお》。

ケシ王妃《おうひ》がのぞんだとおり、ラニ姫《ひめ》の結婚《けっこん》セレモニーは、カマラ王国《おうこく》の歴史《れきし》に残《のこ》る、しあわせにつつまれたロイヤル・ウエディングとなったのです。

りっぱに儀式《ぎしき》をおえたラニ姫《ひめ》のひとみには、感動《かんどう》のなみだがうかんでいます。

「ありがとう。アミーナはわたしのじまんの妹《いもうと》、じまんのブライズメイドよ」

11

ほんとうの気《き》づかい

アミーナ姫《ひめ》は、人《ひと》びとにかこまれて祝福《しゅくふく》されるラニ姫《ひめ》をみつめ、これまでの思《おも》い出《で》に頭《あたま》をめぐらしていました。

今《いま》なら、〝ほんとうの気《き》づかい〟とは何《なに》か、わかるような気《き》がします。

（それは……ラニお姉《ねえ》さまが、いつもしてくれたように、相手《あいて》の立場《たちば》で気持《きも》ちを考《かんが》えて、今《いま》、してほしいことは何《なに》かを、正《ただ》しく想像《そうぞう》すること）

そう考《かんが》えると、これまでのアミーナ姫《ひめ》は、相手《あいて》の気持《きも》ちにこたえることよりも、自分《じぶん》が〝いい子《こ》と思《おも》われたい〟〝きらわれたくない〟ことを優先《ゆうせん》して、気《き》をつかってきたかもしれません。

（でも……それじゃ、相手《あいて》によろこんでもらえる〝気《き》づかい〟にはならないの）

なやみや心配《しんぱい》ごとができたときの〝気《き》づかい〟についてもあてはまりそうです。

アミーナ姫《ひめ》は、ケシ王妃《おうひ》の〝じゃま〟をしないように、自分《じぶん》たちだけで解決《かいけつ》しようとしましたが……ケシ王妃《おうひ》は、それをのぞんではいませんでした。

アミーナ姫《ひめ》に相談《そうだん》をされたり、助《たす》けをもとめられたりすることは、ケシ王妃《おうひ》にとって、けっして〝じゃま〟でも〝めいわく〟でもなかったのです。

〝ほんとうの気《き》づかい〟は、相手《あいて》の笑顔《えがお》と自分《じぶん》の笑顔《えがお》の両方《りょうほう》につながるもの。

ときには、だれかをたよったり、あるときは、だれかにたよられたり……。

（まわりの人《ひと》を信《しん》じて、心《こころ》をひらくことから、はじまるんだわ）

そうするうちに、ひとりではたどりつけなかった、新《あたら》しいこたえをみつけられることだって、あるのです！


結婚《けっこん》セレモニーのあとの、お祝《いわ》いパーティーがはじまりました。

にぎやかにきこえてくる、お客《きゃく》さまの笑《わら》い声《ごえ》。

中庭《なかにわ》でゆうがにかなでられる、ダンスの音楽《おんがく》……。

花《はな》よめのラニ姫《ひめ》は、きょうから家族《かぞく》になった王子《おうじ》さまにさそわれて、ケシ王妃《おうひ》やお客《きゃく》さまにみまもられながら、ファーストダンスをおどりはじめます。

背《せ》の高《たか》いラニ姫《ひめ》によく似合《にあ》う、赤《あか》と金《きん》の美《うつく》しいドレス。

おおきなルビーのネックレスに、ダイヤモンドの指輪《ゆびわ》……。

そのどれもが、しあわせ色《いろ》にかがやいてみえ、アミーナ姫《ひめ》は、心《こころ》からうれしく、ラニ姫《ひめ》のことをほこりに思《おも》いました。

「ねえ、アミーナ姫《ひめ》、こっちへきて！」「あなたの助《たす》けが必要《ひつよう》なの」

おや？　向《む》こうのほうで、ナッティ姫《ひめ》とイザベラ姫《ひめ》がよんでいます。

かわいくて、かしこくて、勇気《ゆうき》ある王女《おうじょ》さまに、心配《しんぱい》ごと発生《はっせい》かもしれません。

「どうしたの？　手伝《てつだ》うわ」

アミーナ姫《ひめ》は、さわやかな笑顔《えがお》で、ふたりのそばへかけていきました。


さて、ロイヤル・ウエディングのお話《はなし》は、これでおしまい。

アミーナ姫《ひめ》たち四人《よにん》の友情《ゆうじょう》は、このあとも、ますます深《ふか》まっていきます。

ほかの王女《おうじょ》さまも登場《とうじょう》して、新《あたら》しい冒険《ぼうけん》がはじまるのですが……。

そのお話《はなし》はまた、いつかのお楽《たの》しみに。

かかえこまずに
うちあけて
みよう。

ひとりでは
たどりつけ
なかった
こたえが
みつかるよ。

Princess
of
Tiara

ティアラ会《かい》 おまけ報告《ほうこく》

お話《はなし》でしょうかいしきれなかったうら話《ばなし》を、あれこれレポートします。

トラの目《め》とタイガーズアイ

暗《くら》やみで、トラの目《め》のように光《ひか》る
タイガーズアイ。夜《よる》の冒険《ぼうけん》で、大活《だいかつ》やくでした。

ジュエルを加工《かこう》する道具《どうぐ》たち

ジュエルをけずって、形《かたち》をかえるチーゼルや、おおきなジュエルをたたいて細《こま》かくするハンマーなど、役《やく》に立《た》つ道具《どうぐ》がいっぱい。

晩《ばん》さん会《かい》の テーブルのお花《はな》

結婚《けっこん》セレモニーのまえの夜《よる》
におこなわれた晩《ばん》さん会《かい》。
お城《しろ》の庭《にわ》にさいている
白《しろ》とピンクのユリを
ディナーのテーブルに
かざったのよ。

気《き》になる男《おとこ》の子《こ》　ヘンリー王子《おうじ》

かわいがっていたネコの死《し》を悲《かな》しむ間《ま》もなく、カマラ王国《おうこく》での結婚《けっこん》セレモニーへ出席《しゅっせき》するためやってきたヘンリー王子《おうじ》……。
気持《きも》ちが不安定《ふあんてい》なまま、やつあたりしたり、いやみをいったりをくりかえしてしまいます。

← ほんとうは
動物《どうぶつ》が大好《だいす》きなのです

わたしたちが ↑
トラの赤《あか》ちゃんを保護《ほご》する
活動《かつどう》をしていたと知《し》ると、
じゃまをしたことを
心《こころ》からあやまってきたの

いつもはもっと
やさしいのに…

四人《よにん》の出会《であ》いは　春《はる》の舞踏会《ぶとうかい》

お姉《ねえ》さまのユリア姫《ひめ》に
いわれて、ナッティ姫《ひめ》が
みんなに『ティアラ会《かい》』の
ひみつをうちあけたのが
きっかけなの。

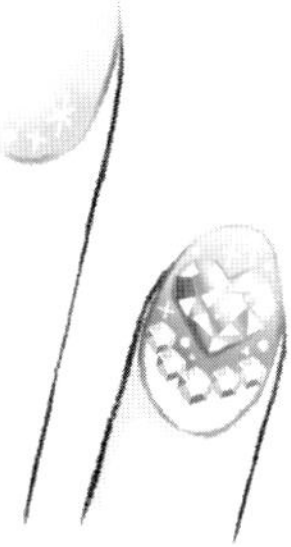

↗右手《みぎて》の小指《こゆび》にネイルアートされた
ハートのジュエルがメンバーのしるし

お城《しろ》にある おおきな図書室《としょしつ》

ミステリーの大好《だいす》きな
ロザリンド姫《ひめ》は、
本《ほん》をさがすのに夢中《むちゅう》でした。

セレモニーのあとの
パーティーをぬけだして
きちゃうほど！↓

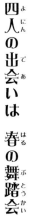

原作：ポーラ・ハリソン

イギリスの人気児童書作家。小学校の教師をつとめたのち、作家デビュー。
本書の原作である「THE RESCUE PRINCESSES」シリーズは、
イギリス、アメリカ、イスラエルほか、世界で130万部を超えるシリーズとなった。
教師の経験を生かし、学校での講演やワークショップも、精力的にとりくんでいる。

王女さまのお手紙つき
しあわせ色の結婚セレモニー

2017年2月21日 第1刷発行

原作 ポーラ・ハリソン
企画・構成 チーム151E☆
絵 ajico 中島万璃

翻訳協力 池田 光
作画指導・下絵 中島万璃
編集協力 谷口晶美
石田抄子
池田 光

発行人 川田夏子
編集人 川田夏子
編集担当 北川美映
発行所 株式会社 学研プラス
〒141-8415 東京都品川区西五反田2-11-8
印刷所 図書印刷 株式会社 サンエーカガク印刷 株式会社

この本に関する各種お問い合わせ先
【電話の場合】
●編集内容については TEL.03-6431-1465（編集部直通）
●在庫・不良品（落丁、乱丁）については TEL.03-6431-1197（販売部直通）
【文書の場合】
〒141-8418 東京都品川区西五反田2-11-8 学研お客様センター『王女さまのお手紙つき』係

この本以外の学研商品に関するお問い合わせは下記まで。
TEL.03-6431-1002（学研お客様センター）

学研グループの書籍・雑誌についての新刊情報・詳細情報は、下記をご覧ください。
学研出版サイト http://hon.gakken.jp/